最后一棵树

黄淮自律诗选

黄 淮 ◎ 著

长春出版社

全国百佳图书出版单位

图书在版编目（CIP）数据

最后一棵树：黄淮自律诗选 / 黄淮著. -- 长春：
长春出版社, 2025. 1. -- ISBN 978-7-5445-7595-9

Ⅰ. I227

中国国家版本馆CIP数据核字第20240TN854号

最后一棵树——黄淮自律诗选

著　　者　黄　淮
责任编辑　李春芳
封面设计　宁荣刚

出版发行　长春出版社
总 编 室　0431-88563443
市场营销　0431-88561180
网络营销　0431-88587345
地　　址　吉林省长春市南关区长春大街309号
邮　　编　130041
网　　址　www.cccbs.net

制　　版　长春出版社美术设计制作中心
印　　刷　长春天行健印刷有限公司

开　　本　880mm×1230mm　1/32
字　　数　141千字
印　　张　13.25
版　　次　2025年1月第1版
印　　次　2025年1月第1次印刷
定　　价　69.80元

黄淮现象

——诗人黄淮的自律人生

（代序）

赵青山

在中国新诗史上，黄淮现象是一个传奇，不能复制。说它不能复制，一是因为历史给予黄淮的机遇，绝无仅有；二是黄淮的"诗野"（视野）之高，人所难及；三是像黄淮这样俯首即拾的"诗思"、高速喷发的"诗速"，鲜有人比。黄淮，在他新诗的世界里，不甘平庸，不人云亦云，时刻自我鞭策自己，律化自己，标新立异，独辟蹊径，为现代格律诗的发展做出了无人替代的贡献。百年新诗中，黄淮这一笔肯定是浓墨重彩。

一

诗人，言者也。一般而言，说得多，做得少，但黄淮不是这样。他不仅以敏锐的眼光，去触摸时代的脉搏，为生活而歌，而且善于发现并攫住时代的机遇，去担当历史赋予自己的重任。

看看黄淮的简历：（一）1984 年，黄淮发起并与诗友共同创办全国第一家自负盈亏的诗刊《诗人》月刊，出任编辑部主任、副主编、副编审。（二）1993年，黄淮南下深圳后，又与诗友发起创办中国现代格律诗学会，任常务副会长兼秘书长以及会刊主编。（三）1994年，黄淮提出的建设"中华诗园"创意构想，在《人民日报》发表，引起诗界广泛反响。80年代初期，全国上下拨乱反正，百废待兴，文艺改革正处在十字路口。黄淮敏感把握时代脉搏，强势出手，率先创办承包《诗人》月刊，胆子之大，眼光之高，出手之快，令人刮目。90年代初期，全国诗坛，探索新诗格律的现象已渐成趋势，然而，都是单枪匹马，力单势微。黄淮抢抓时代先机，南下深圳，发起并创办中国现代格律诗学会。在现代格律诗经历60、70年代的荒漠之后，竖起了现代格律诗的大旗，团结了当时几乎所有追求新诗格律的同仁，整合了力量，为后来人树立了丰碑。作为诗人，黄淮"诗野"（视野）之高，当世无二。他的"诗野"目力所及，不仅仅在于现代格律诗，不仅仅在于新诗，也不仅仅在于古典诗词，而是呼吁、筹建"中华诗史的微缩景观"——中华诗园，中华诗塔。从1990年在写给诗友丁元的诗中"求同存异要以爱塑魂，共建一座诗人的花园"的初步构想，到1993年描绘蓝图"建一座诗塔上不封顶，一砖一石一册册诗集，中华诗塔的高度难测，天天升月月升年年升"，再到二十多年的多方奔走，目前在北京紧锣密鼓地筹建，黄淮正在开辟中华民族诗歌的朝圣地，从这个意义上来说，黄淮可谓诗界高高一尊佛。如今，黄淮以70多岁高龄，每天作诗不止。他的诗友丁元曾作诗集《音乐喷泉》，而我感觉黄淮犹如一座诗歌喷泉，在巨大的内力作用下，激情喷发。这内力，就是黄淮自己鞭策自己的自律意识，就是黄淮对于新格律诗复兴的一种自觉的责任感。捷足先登，敢为人先。做事先人一步，思考高人一筹。以历史的标准来鞭策自己，丝毫不敢懈怠。这就是诗人黄淮的自律人生。

二

黄淮对于现代汉语格律诗的意义，不仅仅在于在经历过十多年的荒漠后创办中国现代格律诗学会，竖起了大旗，为现代格律诗摇旗呐喊，更在于和众多诗友一起冲锋陷阵，攻城抢关。在向现代格律诗冲锋的阵仗中，他既是将帅，又是车马，更是兵卒。

黄淮对于现代格律的意义重点还在于，在从 20 世纪 60 年代迄今的半个世纪中，创作了数千首的诗歌作品，试验了"自由体、格律体、民歌体"（公木语）等所囊括的新诗的各种诗体形式，取得了卓越的成就，成为雅园诗派的主要代表诗人。黄淮从他 1985 年出版第一本新格律诗集《爱的格律》算起，在新格律诗的创作历史上，已走过了三个各具特色的发展阶段。

第一个阶段，属于 80 年代，以创作九言新格律诗为主。

九言诗，林庚曾研究试验并提倡过，但是，只有到了黄淮的手里，九言新格律诗体才被真正作为一种重要诗体来进行试验。他出版了九言诗集《爱的格律》（以九言为主）、《黄淮九言抒情诗》《诗人花园》《中华诗塔》（和《丁元诗选》合集），成为九言新格律诗体建设的中流砥柱。九言诗体中，就有二行一首、四行一首、六行一首、八行一首、十六行一首，还有不定行体；
又有二行一诗节、四行一诗节、六行一诗节、不分诗节等多种。
九言绝句体编有一个集子叫《人生五味子》；九言律诗体（八行
体），编有两个专集叫《爱的回音壁》《生命雨花石》；还尝试过
九言十四行体（如《围墙》）。黄淮把九言诗从半定型推向定型
的较为成熟的阶段。以《火狐》《镜子》《中华诗塔》《访大足石
窟》《圈圈谣》《致妻》《围墙》等为代表的一批精品力作，使黄
淮成为中国九言诗各种体式集大成的诗人。对于黄淮的九言诗
的试验，吕进、邹绛、吴开晋、张同吾、周仲器、程光炜、毛翰、
孟宪忠、程文、苗得雨乃至陈仲义等都发表了评论，予以充分
的肯定。吕进先生在诗集序言中称黄淮的九言诗为"现代格律
诗的新足音"。

　　这一阶段，他还试写过多言整齐式格律诗体：有五言体、
六言体、七言体、九言体、十言体、十一言体。仅二行体的专
集就有《青春的滑雪板》，其中又包括二行五言、二行六言、二
行七言、二行九言等多种。如：

　　　　　无法考证是哪朝画家，
　　　　　曾经挥动过一支画笔——

　　　　　蘸着透明的漓江碧水，
　　　　　完成了这幅山水写意。
　　　　　余兴未尽又匆匆离去，

顺手把画笔插在江畔，
独秀峰啊，这就是你！

也许某日他还要归来，
继续挥毫补一首题诗——
披露当年灵感的由来，
道破桂林风光的神秘。
为给后人领悟山水美，
开启一扇云雾的窗扉，
独秀峰啊，你就是笔！

——《独秀峰》

第二个阶段，也从 80 年代起，首先以写一行诗等，成为首次微型诗热潮的带头人（结集有国内第一本一行诗集《雷——黄淮一行哲理诗 900 首》）。

90 年代中期以后，当微型诗创作出现高潮时，黄淮又以二行至三行的微型格律诗而独树一帜，出版了中国第一本微型格律诗选集《星花集》，并创作发表了自己最杰出的代表作，微型格律组诗《点之歌》。

黄淮微型诗的格律独具匠心，格律运用的表现手段体现了黄淮高超的艺术智慧。本来，一首诗，仅有一行（或一句）、二行（或两句）、三行（或三句），如何运用格律，必然会受到很大程度的限制。妙的是，黄淮将微型诗作为建构组诗的基础，单个看，仅仅是一首小诗；但若把组诗作为一个整体来看，却能像所有的现代格律诗一样灵活运用新诗的格律规范。

黄淮微型诗分为两种类型：

一是整齐式。有五言、六言、七言、八言、九言等，以两行为主，也不乏三行诗。1. 押韵。每首两行之间，可以押韵，也可以不押韵。但每两首或者多首之间的偶句，必须押韵，相当于双句韵。每首为一行的诗，可以首首（句句）押韵，也可以双首（句）押韵。2. 组句。每一首两句间借鉴近体诗、词曲、联语等形式，讲究对仗（对称），讲究并列，讲究承接。每一首和每一首之间，也是或对称，或并列，或承接，或排比等。如：

顺圈圈旋转耳聪目明
逆圈圈而动头晕目眩　　（对称）

地球有公转也有自转
四季才分明晨昏互现　　（承接）
　　　　　　　　——《圈圈谣之六、七》

二是参差式。主要有小汉俳，还有其他固定的小诗体。汉俳，是公木、赵朴初先生从日本导入创造的，体式为 575 汉俳。2009 年 8 月 15 日，老诗人巫逖写了第一首 353 小诗上网，被黄淮第一个发现，黄淮当即发表了《新汉俳十赞》，热情提倡鼓吹，同时，巫逖随即回应并在彩虹鹦网上推出了《353 短汉俳集锦》，此举迅速得到众多诗人热情响应和积极支持，很快就以彩虹鹦网为轴心，形成了第一个网上小汉俳创作热潮，涌现了一大群小汉俳诗家。《中国微型诗网》《中国格律体新诗网》《中国小诗网》《新诗大观》《环球热点网》《诗歌报论坛》《中华诗词论坛》《中国韵律诗网》等多家诗网也开始不断发表小汉俳。其中《中国小诗网》还特辟专栏，发起小汉俳接龙活动，响应者云集。2010 年 6 月以来，经黄淮的推荐，国内的《汉俳诗刊》和《现代格律诗坛》《中华诗词》《韵律诗报》等均开辟专栏连续刊发小汉俳，从此小汉俳正式走入纸媒领域。黄淮决定在此基础上，主持选编《彩虹鹦 353 小汉俳精品诗选》，与此同时，《黄淮 353 小汉俳 900 首》和《天上人间小汉俳诗选》也将陆续出版发行。在黄淮的大力倡导下，自主创新的 353 小汉俳，成为一种新诗体走进现代汉语格律诗的行列。如：

巫

我和你
隔墙不隔心
是知音

逖

说无题
万物皆有意

挥诗笔

——《巫逖——黄淮小俳致诗友》

黄淮的参差式微型诗,还有一种三行式小令体。据诗人所言,他的小令体是从十六字令脱胎而来的。每首诗格式固定,三行分别是7、3、5字,同属奇数诗行,押同一韵。此种诗体摆脱了古词中平仄等的束缚,运用现代语言,运用现代汉语的节奏规范,使古典词曲完全呈现出新格律诗的形态。这种小令体,黄淮一共创作了200多首,诗体形式也几近成熟。如:

似断似续云雾间

莫顾盼

脚下是深渊

——《山路》

如今,黄淮还同时运用他的微型诗体和自律体创作诗说汉字诗卡系列、中华成语诗卡系列、动物成语诗卡系列和诗说汉字小汉俳系列等多达三千余首。

黄淮的微型诗,哲思深邃、构想超拔,语言形式精美,显示了黄淮对自己上一阶段九言诗的超越,得到了诗人、诗评家穆仁、刘章、吴开晋、周渡、周仲器、邹建军、叶橹等人的热烈赞扬。黄淮微型格律诗的成功,又为现代新诗格律开辟了一块前景辉煌的阵地。

第三个阶段，属于新世纪伊始，是诗人自己最为满意的新格律诗创作的阶段——自律体诗阶段。

21世纪之初，黄淮在总结前人和自己整齐体（如九言、七言体）和长短句体（如小令体、十四行体）各种形式实验的基础上，提出创作自律体新格律诗的理论命题，并付诸实践，试作了以组诗《最后一棵树》为代表的千余首作品。这些作品具有新的生机与活力，标志着黄淮的新格律诗创作已经推进到又一个新的阶段。

1. 黄淮自律体的缘起与目的

黄淮在《关于自律体新格律诗的思考》中说："新世纪开始以来，我集中精力进行了各种样式的现代格律诗尝试，完成了以《最后一棵树》（组诗）（载《绿风》2002.5）为代表的千余首所谓自律体新诗，实现了从千篇一律到一诗一律的过渡，但愿能为新诗韵律化和增多诗体摸索出一条方便普及的蹊径。"他还说：自律体既是格律诗的原创自创的形式，也是格律诗宜于普及的形式。其核心思想是提高诗歌创作的节律意识，激发诗人的创新潜力。我深信，自律体必将为新诗的律化之路，为新格律诗的繁荣，拓宽可期待的美好愿景。无律不成诗，死律窒息诗。

2. 黄淮自律体的格律观

黄淮认为：他的自律体格律观属于泛律诗观，是从诗史宏观和诗歌内在的两个方面概括出来的。诗体有三:（1）自律体（一首诗一个格律体式），这是诗歌的原生态，它的最早的代表就是先天的"哼吁哼吁派"；（2）共律体（千篇一律或千首一体），它的最早代表就是沈约的"声律说"；（3）自由体（节律不完整的过渡体），它的最早代表就是胡适的"说话论"。

诗律有三：节奏律（如打击乐）；旋律（如管弦乐）；韵律。

诗形（型）有三：定型（如共律体）；有型不定型（如自律体）；无型（如自由体）。

3. 黄淮自律体的两个格律要素：一是节奏和谐化；二是韵式有序化。

4. 黄淮自律体内容与形式的关系

黄淮说：以律为纲。把诗比成一个人，诗意是人的灵魂，而节律就是他的脉搏和呼吸，是诗歌的生命存在的前提，是贯穿始终的。诗以意传神，以律立体。没有诗意不是诗，失掉诗律不成诗。诗，乃意与律之有机结晶，犹如人乃是灵魂与机体的复合。结合得好的，为上品；结合得不好的，为下品；意律两乖的，为非诗。

5. 自律体与共律体的艺术特征

自律体格律诗，其特征归纳起来有"四不限"和"两具有"。所谓"四不限"就是篇不限节、节不限行、行不限字、字不限声。所谓"两具有"就是一有节奏，二有韵律。节奏要自然鲜明，即建行组顿自然，诵读节拍变化有规律；韵律要和谐有序，韵式变化有规则可循，押相同或相近的普通话韵。

共律体格律诗是再创的子体，是格律诗的成熟的提高的形式。它具有与自律体正好相反的艺术特征。它不但有"两具有"，更有"四限"：篇有限节（当然也可以不分节），节有限行，行有限顿拍或限字，字、拍也应适当地限声调，讲一点平仄。它和自律体相反，追求体式的定型与完美。它是格律诗发展到高级阶段的产物。

6. 黄淮自律体的历史意义

黄淮及其诗友周仲器认为："自律体"与"共律体"创造、互动、交替、演变是中国格律诗发展的内在动力。"自律体"与"共律体"的互动演变已经造就了中国诗歌形式上两次伟大的变革，它的继续互动演变必将促进中国诗歌形式第三次伟大的变革。

7. 黄淮自律体的创作实践

①整齐式

圣诞节海啸启示录

（四言一段式）

选择圣诞　发出警告

上帝发出　一声冷笑

时空如海　地球如舟

人乃乘客　竟敢胡闹

剜肤食肉　敲骨吸髓

欲壑难填　相互啮咬

火山怒吼　飓风呼号

痴迷不悟　鬼迷心窍

沙暴击窗　山体滑坡

昏醉不醒　美梦逍遥

谁是玉皇　谁是龙王

海啸海笑　并非玩笑

小小环球　宇宙之乳

哺育恩德　何人知报

天有常道　遂顺者安

伤天害理　末日早到

2005 年 1 月 3 日

两　岸

（六言两行式）

我在此岸望月

你在彼岸望星

你我俯首同看

目光交流一惊——

月儿星儿相伴

正在戏水同泳

地球是个乱线团

（七言两行式）

地球是个乱线团

悬在时空网络间

人人都是网上虫
千丝万缕被纠缠

你牵着我的神经
我拽着你的发辫

睁大眼睛看局部
闭上眼睛看无限

银河浪里钓星鱼
发射飞船扯条线

②参差式

想通了——献给妻子63岁生日
（八九言贯通式）

想通了，呼出口怨气
吸入了满腔新鲜空气

想通了，穿透了隧道
看见了一片开阔天地

想通了，放飞了子女
拓宽了自我精神领域

想通了，子女做朋友
老伴变成最乖的孩子

想通了，舒展了愁容
绽放出，朗笑的美丽

想通了，夕照的岁月
才能够，活出点诗意

2004.1.28 甲申正月初七晨

③杂言复合式

地平线

你站着，箭上弦
——引而不发

你躺着，梦入圈
——扑朔迷离

你走着，线缠脚
——亦步亦趋

不能把你抛向星际
可能把你拖入谷底

2006 年 3 月 2 日

④中心句反复式

放风筝（节选）

放风筝——放风筝——放风筝
放风筝——放风筝——放风筝

我牵着一条无限延伸的视线
线牵着一只无影无形的风筝
我仰望客厅灯光灿烂的穹顶
控制着纸鸢盘旋飞行的领空
我拽着童年腾云驾雾的梦境
认真地牧放青春飘逝的憧憬

放风筝——放风筝——放风筝
放风筝——放风筝——放风筝

虚拟的时空掩盖真实的时空
辐射的视线串联星星和吊灯
放飞执着，放飞青鸟，
放飞妄想，放飞乌云
一场飓风曾经折断银翅，
一场骤雨也曾剥落金鳞

⑤首尾照应式

常和爷爷顶脑壳

常和爷爷顶牛玩
比比谁的脑壳硬

轻轻顶，慢慢碰
冷不丁地使股劲
只听砰的一声响
爷爷眼里冒火星

爷爷摸摸孙子头：
"疼不疼？疼不疼？"
孙子摸摸爷爷头：
"不痛！不痛！"

常和爷爷玩顶牛
比比谁的脑壳硬

2003 年 2 月 22 日

从以上分析可以看到，黄淮自律体的创作实践是符合他的理论阐述的：1、"两具有"：有节奏，有韵律。2、"四不限"：篇不限节、节不限行、行不限字、字不限声。但是也必须看到：黄淮自律体在对新诗外形提出规范要求的基础上，对于新诗内在内容也提出了自己的见解和要求：没有诗意不是诗，失掉诗律不成诗。诗，乃意与律之有机结晶。同时，诗人在具体的创作过程中，对于符合中华民族审美需求的语言美的要素也纳入新格律的追求之中，如组章组节中对于反复、照应等，以及诗句之间的对仗、排比、重复、对称、偶句押韵等，都运用得非常到位。黄淮在小诗中诗句语言的对称（对仗、对偶、对应）、内容的哲理性、趣味性等方面已经逐步显现了自己的特色。这种对于语言传统表达方式的传承，有助于提高新格律诗的语言魅力，这是现代汉语格律诗健康发展的正确方向，黄淮自律体已有所自觉。诗人丁芒也已经注意到黄淮自律体对于语言美的追求，他在致黄淮的信函中说："关于体式亦格律之一因素，人们普遍未加注意。其实，齐言体，长短句（杂言体）以及对仗，都是音乐美的因素。如您《最后一棵树》组诗中多用的七言体式（我的"自度曲"则是杂言体）。您也熟练也灵活运用了对仗体式，如《最后一棵树》的三段体的对称，《木鱼》首段的两句对仗（词性），都是体式因素的承传和创新。"（见 2003 年 7 月 26 日致黄

淮函）

　　黄淮就是这样一个诗人，对于过去，永不满足，对于自己，永不满足。永远都在追求，永远都在前进。黄淮是一溪活泼泼的流水，你永远都不知道他会沿着什么渠道流动，但他总有明确的方向，那就是前进，前进。从九言体（多言体），到微型诗（汉俳），再到自律体，不重复别人，更不重复自己，这就是诗人黄淮的自律追求！

三

　　新诗何其幸运，拥有黄淮；新格律何其幸运，拥有黄淮。黄淮，是以生命来写诗。他在诗中这样表白：

> 只要呼吸间三寸气在
> 滴滴心血都是诗的债
> 血肉之躯炼不出诗句
> 骨架尚可做炼诗烧柴

——《没有写诗的日子》
1994 年 6 月 8 日

　　黄淮，是以灵魂来创律。他在诗中这样表白：

> 哭不成韵的哭不动人
> 笑不出声的笑不痛快

有歌有泪乃真正人生

哭笑坦荡者活得自在

——《我笑了——致李杰》

1994 年 6 月 19 日

黄淮自律体，不是闭门造车，而是源于几十年的新诗积累。

黄淮自律体，不是刚迈进或正在迈进新格律门槛，而是他在穿越第一进新格律厅堂之后，对于自己的新格律实践寻求突破的观念创新与理论升华。

黄淮自律体，一是想为增多诗体摸索出一条方便普及的蹊径；二是想为新格律学习者学习新格律诗找到一种宜于普及的形式。

要正确认识黄淮自律体，不能简单地仅仅将它当作一种诗体来研究，必须站在更高的高度——这是一位尝试遍了所有的新格律诗体的诗人，力图为新格律找到更大自由的格律规范的现象。只有选择合适的切入点，才能重新认识黄淮自律体现象对于新格律诗诗体建设的意义。

对于黄淮自律体现象，我试着选择了几个角度，以期抛砖引玉。

1. 黄淮自律体是一种开放性的新格律，他不仅仅追求完美的诗体形式，更着重追求完美的新诗内容，追求新诗完美的意境。

2. 黄淮自律体所指向的不仅是格律体新诗，而是当前以自由为主流的新诗坛，更重要的是试图引导自由诗坛走向自律，所以，他的自律意识还是很有其现实意义的；黄淮自律体所指向的不仅是刚刚步入和正在步入新诗格律门槛的初学者，更重要的是在新格律里摸爬滚打了几十年的自己，想对自己的新诗格律未来探索一条完美自由的格律之路，所以，他的自律意识也还是有其现实意义的；黄淮自律体所指向的不仅仅是诗体的外在形态，同时更重要的是也指向了新诗格律中的语言的律化，在新诗的外在形态律化意识的基础上，朝向语言形态的律化趋势迈进（如语言的民族化，如对仗、排比、并列、象征等），所以，他的自律意识更是有其现实意义的。

3. 黄淮自律体，其实和格律体新诗相对立的自由体新诗，本质上是截然不同的。自由体新诗是从起点上对于格律的否定，它立志就不迈进新格律的门槛一步；黄淮自律体是在中段上对于新格律的延伸，它是在迈进新格律门槛，并走完第一重门之后，试图对新格律进行突破、跨越的探索，是在叩响第二重门，或者已经在迈进第二重门的门槛；自由体新诗的终点是自由，黄淮自律体的终点是格律。因为，黄淮骨子里就是格律。

4. 黄淮自律体是一种现象，代表了相当一批新格律老诗人，对于新格律未来发展走向的思索。黄淮自律体包含的自由思想，是高一层次的自由思想，是对未来可能预见的僵化的、以形式为中心的有所偏执的诗学思想的纠正。

5. 理解黄淮自律体，无论其理论阐述的正确与否，得当与否，都应当站在另一个高度（和自由体新诗相比，截然不同的高度）来审视，才能对现代汉语格律诗的跨越式健康发展有所裨益。

6.黄淮自律体其实体现了雅园新格律观的宽泛、包容的态度，也是新格律追求的终极方向和目标。它是在发展新格律的规律性的基础上，试图融合自由体诗的灵动性，体现了黄淮作为一个格律体诗人在后格律时期力图有所突破的追求。体不体并不重要，重要的是这种新格律的观念，需要深深植入新格律诗人的心间。其实质是通过自由的诗体创建实践，为新格律探索能够成型的模型。开拓创新，为新格律诗的成形（或定型）做出很大努力才是黄淮自律体的中心所在。

2012 年 7 月 19 日

1

目　录

第八辑　人生一盘棋

第 一 辑

最后一棵树

最后一棵树

（组诗）

最后一棵树

——续臧克家《三代》

爷爷要
——砍倒做棺材

爸爸要
——截枝当烧柴

孩子要
——乘凉把果摘

啄木鸟的命运

一边给树叩诊

一边回头回脑

蛀虫尚未啄出
背后猎枪响了

毛皮制成标本
挂在树梢放哨

骨头清热解毒
留给首长配药

剩下嫩白鸟肉
猎手下酒烧烤

木　　鱼

念过多少遍经文启蒙
击过多少遍脑壳追问

木鱼的回答总是一串
空空空空空空空空空

审椅子

羊坐上去
已经变成狼了

狼坐上去
还能变成羊吗？

龙的传人
——看穿龙袍照相有感

穿上龙袍留个影，
也算过把帝王瘾；

谁都做过腾云梦，
醒来还是土里虫；

龙的传人穿龙袍，
迈一步来摇三摇；

没有皇帝活不了，
有了皇帝活不好。

望子成龙圆龙梦，
龙的血脉要继承。

龙的传人传什么，
龙的传人可想过？

三个和尚

都因为没有水吃

一个抢走了扁担
到码头去扛脚行

一个夺走了水桶
到集市去卖豆浆

一个呆坐在井边
办起了矿泉水厂

都因为没有水吃

当代巧媳妇

无米怕什么
还有嘴当家

无枝能长叶
无根也开花

吹出一张饼
多撒点芝麻

再配一盘菜
假（甲）鱼拌聋（龙）虾

编好广告词
装个大喇叭

无米可成宴
空手也发家

当代巧媳妇
公婆谁不夸

（选自《绿风》诗刊 2002 年 5 期）

●献给第三自然界学说的创立者公木先生

点 之 歌
（微型格律组诗）

以诗开慧

以爱塑魂

——题记

第一乐章

1

点点滴滴点点滴

万里江河起步时

2

闪闪烁烁闪闪烁

灿烂无数银河系

3

惊涛拍岸万点白

大漠落日一点赤

4

星火燎原借风势
滴水穿石靠自力

5

出巢雏鹰穿云飞
越冬草籽破雪绿

6

头颅是点的硕果
心脏是点的主机

7

进入点的生物圈
点点都是亲兄弟

8

地球是点的乳头
时空是点的母体

9

一生二，二生三
生生不息开广宇

第二乐章

10

女娲补天疏漏处
至今常漂流星雨

11

十日炎炎稼禾枯
后羿仗义射九日

12

亚当夏娃偷禁果
失掉乐园人独立

13

佛祖微尘说大千
几人开悟几人迷

14

拔根毫毛孙悟空
吹出满山小猴子

15

大荒山下一顽石
红楼梦里百回戏

16

自由女神常流泪
有口难言悲与喜

17

一支神笔点睛后
东方巨龙始破壁

18

聚焦世界的目光
点燃奥运的火炬

第三乐章

19

结绳记事小疙瘩
一串点的老故事

20

加减乘除算盘珠
点点都是未知数

21

运转中没有支点

谁能把地球撬起

22

落地一只熟苹果
万有引力被泄密

23

潜入点的原子核
畅游微观风景区

24

克隆一个点细胞
就能复活一个你

25

千年虫死而不僵
核按钮尚未锈蚀

26

鼠标器轻轻一点
视网膜笼天罩地

27

电脑是点的魔宫
人脑是点的上帝

第四乐章

28

智者选疑点解惑
愚者陷盲点自溺

29

泪点开花难结果
血点爆炸响霹雳

30

问号欲坠一点墨
浇铸开慧金钥匙

31

旋转锁孔的呆滞
打开门扉的自闭

32

点中要害的穴位
畅通经络的街衢

33

抓住一个点重生
错过一个点难觅

34

冲破关键的一点
熊市转化成牛市

35

多点爱聚沙成塔
多点恨飞沙走石

36

有多少点的传奇
就有多少点之诗

第五乐章

37

形象是点的脱颖
意象是点的舞姿

38

芳香是点的呼吸
色彩是点的虹霓

39

美梦是点的笑容

噩梦是点的愁绪

40

苦难是点的泥淖
幸运是点的绿地

41

狂欢时点点雀跃
悲愤时点点战栗

42

激动时点点绽蕾
沉思时点点抽丝

43

想象什么有什么
无所不在倏忽至

44

心有灵犀点点通
异想天开不稀奇

45

一天没有点发现
一天就有点贬值

第六乐章

46

人生难得几回搏
命运不是掷骰子

47

有时多一点不多
有时少一点不少

48

火中取栗防烫手
水中捞月空欢喜

49

陷入点的急漩涡
跃上一条冲浪鱼

50

春蚕到死丝方尽
一生一行生命诗

51

活着就是一盘棋
棋子攥在你手里

52

只要还有点自信
过河小卒夺帅旗

53

每个运动的点儿
都是线儿的导师

54

占一个点的位置
就要创造点奇迹

第七乐章

55

人眼是点的镜头
诗眼是点的透视

56

焦点中原形毕露
热点里蜂鸣蝇挤

57

亮点灼目成箭靶

燃点辉煌须捐躯

58

沸点升华自高洁
冰点结晶更绚丽

59

顶点浮升诱惑我
极点飘移吸引你

60

弱者被硬点撞昏
强者迎难点回击

61

立足的基点任选
腾飞的切点展翅

62

终点起点接力赛
路断悬崖瀑布始

63

鼓点铿锵心旌动
与时俱进马蹄疾

第八乐章

64

1234567
弹奏点的主旋律

65

发光点从不吝啬
受光点自愿传递

66

共鸣点鸣锣开道
警戒点辐射警示

67

临界点容易变态
突破点呼唤进取

68

焊接点伤痕累累
断裂点各奔东西

69

转折点小心脱轨
交叉点失之交臂

70

中心点圈圈环绕
共同点携手开辟

71

制高点期待登临
空白点留下机遇

72

点点都唱成音符
一路高歌进行曲

第九乐章

73

点外有点在运行
点内有点在孕育

74

静止时近乎窒息
动荡中扑朔迷离

75

裂变敢粉身碎骨

聚变化金辉万缕

76

微缩时无怨无悔

膨胀时无边无际

77

可能不断地分割

不能随意地抹去

78

不怕被他人藐视

不该把自我轻视

79

看不见并非乌有

测不出难言子虚

80

一切即一须探索

一即一切待破译

81

有多少点的方程

就有多少点之谜

圈 圈 谣

（微型格律组诗）

再大的圈圈也很有限
无限风光在圈圈外边
　　　　　——题记

1

你在圈圈里感觉安全
我在圈圈外活得坦然

2

人生的轨迹曲曲弯弯
无可奈何围着圈圈转

3

就是自己被弯成圈圈
也要滚动出一条直线

4

抡圆了臂膀急转几圈
手中的铁饼抛向遥远

5

沿着跑道的圈圈疾跑
飘浮在冰面旋转画圆

6

顺圈圈旋转耳聪眼明
逆圈圈而动头晕目眩

7

地球有公转也有自转
四季才分明晨昏互现

8

不认识圈圈陷身囹圄
挣脱了旧圈又进新圈

9

刚认识圈圈心惊胆战
小心翼翼地围着圈转

10

不是被项链锁住喉咙
就是被车轮压折腰杆

11

一只蚊子在脑门兜风
兜上几圈就钻进耳眼

12

无数个圈圈精选几个
画在稿纸上品评展览

13

划在地面上凸凹起伏
划在半空中随风飘散

14

首尾衔接时无缝可击
加速旋转时眼花缭乱

15

跟圈圈游戏吉凶未卜
圈圈如虎口齿锐牙尖

16

跳出地平线再看圈圈
喜怒哀乐都来自圈圈

17

抛出的圈圈旋即飞回
你我他难逃圈圈纠缠

18

手握方向盘路不由己
脚踏螺旋桨望天兴叹

19

圈圈的海洋学习游泳
常常失掉救生的圈圈

20

挤出了圈圈怀念圈圈
套进了圈圈害怕圈圈

21

圈圈里竞争其乐无穷
被圈圈淹没其苦难言

22

残缺的圈圈无人缝补
镀金的圈圈人人争钻

23

把圈圈踩在双足之下
化成风火轮奔驰向前

24

大圈套小圈层出不穷
生存就是跟圈圈兜圈

25

怕圈圈的她在劫难逃
玩圈圈的他得道成仙

26

如果有来生我也不会
围着你画的圈圈绕圈

27

深深地再吸一口香烟
吐一串圈圈随风飘散

28

生生死死转眼一瞬间
一切都在圈圈里循环

（选自《星花集》雅园出版公司 1998 年版）

风　说

（微型格律组诗）

1

不要问，我从哪里来

不要问，我到哪里去

只要存在，就有存在的道理

2

不必管，你愿意不愿意

要活着，就得一呼一吸

有生以来，你我就是亲兄弟

3

传递过，春的鸟语花香

携走过，冬的飞雪寒意
潇潇洒洒，就活得格外神气

4

最爱，剪裁云的新装
也好，梳理山的发式
只要高兴，管什么软的硬的

5

散步，不践踏小草的纤细
奔跑，曾推倒大树的身躯
诗兴大发，绝非过把瘾就死

6

选向，不论南北东西
择路，不怕坎坷高低
无所不达，是我追求的目的

7

有孔，我就深入细部

无缝，我就观察整体
无所不在，是我探索的足迹

8

遭天灾，悔恨助纣为虐
遇人祸，帮你推车拉磨
参与一切，从来不做旁观者

9

爱你，我常常困扰你
怨我，你很难囚禁我
爱怨交织，才叫多彩的生活

10

我不想，背叛你远去
你不能，离弃我独过
形影相随，不求同忧求同乐

11

你的梦境，我难涉足

我的神思，你难捉摸

同床异梦，你是你我还是我

（选自《星花集》雅园出版公司 1998 年版）

世纪大日食

你看，遮了半边脸
我看，遮了脸半边

他在长江岸上看
太阳忽然黑了脸

不是天狗饿疯了
要吞金饼当早餐

而是嫦娥害相思
举起手中小团扇

奈何团扇不够大
难挡日冕亮灿灿

日神会意泪光闪
回赠一个钻石环

日月，互动传佳话
晴阴，虚实缺复圆

读史偶思

捧出潮湿的史册
拿到阳光下晾晒

顺手再抖上三抖
看落些什么尘埃

多少王冠的残片
多少丰碑的碎块

历史是座炼金熔炉
废污总要排除体外

2004 年 9 月 8 日

赌　欲
——近年海难矿难频发有感

海上宰客闯九级风浪
矿山逼人跳冒烟煤坑

赌赢了，我发横财
赌输了，你赔小命

船主——变成绑匪
矿主——甘当元凶

自嘲钱能通神
难难都能摆平

说什么水火无情
说到底赌欲最凶

2004 年 12 月 4 日

李敖有话说
——看凤凰台专栏有感

运一腔正气
喷三尺烈焰
顽石咬碎磨成沙面
圆的咬扁嚼成碎片

假的就是假的
皇帝的外衣必须揭穿
真的必须还原
历史不是政客美容院

李敖有话说风雨雷电
让妖魔鬼怪丑态毕现
三尺荧屏一座审判庭
毛遂自荐出任大法官

2005 年 3 月 16 日

真　理
——"文化大革命大印象"之一

那时候，奇也不奇
谁嘴大，谁就有理

有你，就没有我
有我，就没有你

不单嘴上说说
还要斗争到底

就这样，一分为二
砸烂了，合二而一

2006 年 4 月 11 日

！？

——"文化大革命大印象"之二

！击昏了脑壳
——砸烂了一切！

！最响的强音
——"造反有理"

！击响了咚咚战鼓
满街批斗"走资派！"

？钩住了舌头
——谁敢说真话？

？打开了门户
——迷乱了视野

? 最普及的日子
人人都是思想家

时代的符号
简单又明了

帽子戏法
——"文化大革命大印象"之三

魔术师，挥一挥手
漫天空，乌鸦怪叫

——人人抱头鼠窜
——个个在劫难逃

不管你愿意不愿意
扣上了就别想摘掉

还有一条无形长线
把你家身命运拴牢

魔术师，念念有词
紧箍咒，时时困扰

谁会变这套戏法
谁就能活得逍遥

演出的时间越长
票房的价值越高

2004 年 2 月 12 日

跳　　棋

一个个跳梁小丑严阵以待
被指尖捏起开始又蹦又跳

分分秒秒都在谋划一着妙棋
既要一石二鸟又要过河拆桥

堵塞你的——求生之来路
畅通我的——取胜的大道

一摸脸皮——角色就地改变
朋友对手——棋局当面摆好

你捏着一个棋子还在犹豫
我脑袋正被身后的手拎起

开 锁 记

眼睛，凝视着锁孔
锁孔，凝视着瞳孔

记忆的黑匣子已经锁牢
珍藏的金钥匙无处寻找

只记得收藏了许多珍宝
却无法取出来重新瞧瞧

恨不能把食指拉长砸扁
再探进锁孔里左右旋转

为了防止他人窥视
而把自我永远封闭

2003 年 11 月 14 日

野　鸟

涨潮时，大声喧闹
退潮时，甘于寂寞

吃饱了，昏昏欲睡
饿急了，烧香拜佛

也常常，无根生枝
也常常，开花无果

以各种脸谱登场
角色都很难捉摸

——天空很广阔
——大地很广阔

有起有落却不在乎

有没有一个安乐窝？

1991 年 4 月 4 日

第 二 辑

地球啊地球

地球是个什么球

地球！不是一个篮球
任某些巨掌抛来抛去……

地球，不是一个足球
由某些大脚踢来踢去……

地球！不是一个网球
任某些铁拍打来打去……

地球也不是一个棒球
由某些棍棒击来击去……

她乃是母亲含泪的眼球
怒视着人类的胡作非为……

2009 年 7 月 12 日晨于威海

地球是个乱线团

地球是个乱线团
悬在时空网络间

人人都是网上虫
千丝万缕被纠缠

你牵着我的神经
我拽着你的发辫

睁大眼睛看局部
闭上眼睛看无限

银河浪里钓星鱼
发射飞船扯条线

称 地 球

投进隐形网络袋
拎起新月金秤钩

夜神妈妈手发抖
我儿为啥总消瘦

患上什么疑难症
长叹三声犯了愁

无药可医怎么办
急得妈妈热泪流

不信你再抬头看
几颗流星落九州

2012 年 12 月 9 日

地 球 仪

手指头一拨弄
整个世界就开始旋转
两极间一条轴
赤道是一条金色项链

四大洋有如四盆清水
海风呼啸，浪花飞溅
而我站在上帝的位置
一点儿也不感到晕眩

虽然，洲界国界一片模糊
虽然，一时难辨东北西南
虽然，日月星瞳目相望
虽然，酷暑融化了严寒

何须诺亚方舟救苦救难

不用飞机潜艇前来抢险

地球仪在桌面上飞转

轻轻一按便由快变慢

我真想沿着经线

把它切成一块块橘瓣……

放进嘴里尝一尝

是硬是软，是酸是甜

1984 年 6 月 1 日

地 平 线

你站着，箭上弦
——引而不发

你躺着，梦入圈
——扑朔迷离

若不能把你射向星际
也可能把你拖入谷底

你站在地平线上
要时刻警惕危机

1984 年 6 月 6 日

废

——遥寄哥本哈根世界气候大会

（十四行）

废水，遍地流淌
——奔向心脏
废气，漫天浮荡
——回归肺腑

心室成了排污站
肺叶成了过滤网
人欲，不断发酵
废污，无限扩张

地球，变成癌细胞
——不灭自亡
人类，就是细胞核
——自取灭亡

看到了希望

就还有希望

2009 年 12 月 8 日

黄　海

黄海，是个大浴盆
蓝天，镶个银边边

船是盆里的山桃核
人是核上的芝麻点

自觉感觉错觉
天转水转人转

圈圈旋转起伏
拓展浪线之圆

一旦航船靠岸
圆圆都被挤扁

2005 年 9 月 12 日

鹰

——当年拜访诗人梁上泉，
欣赏他珍藏的根雕——鹰……

躲过盗伐的锯齿
熬过野火的咬啃

年轮无力再旋动
根须也倦于延伸

偶然被你发现
难说什么缘分

又历一番斧凿
又经几度刀削

头脚已被倒置
获得劫后新生

丧失树冠的鸟鸣
树根却展翼化鹰

2006 年 4 月 7 日

圣诞节海啸启示录

选择圣诞　发出警告
上帝仅仅　一声冷笑
时空如海　地球如舟
人乃乘客　竟敢胡闹
剜肤食肉　敲骨吸髓
欲壑难填　相互啮咬
火山怒吼　飓风呼号
痴迷不悟　鬼迷心窍
沙暴击窗　山体滑坡
昏醉不醒　美梦逍遥
谁是玉皇　谁是龙王
海啸海笑　并非玩笑
小小环球　宇宙之乳
哺育恩德　何人知报

天有常道　遂顺者安

伤天害理　末日早到

2005 年 1 月 3 日

小小水滴

一滴骑着一滴的赤背
一滴抱着一滴的细腰
一滴拽着一滴的裸足
一滴紧跟一滴在奔跑

谁也不肯退让
谁也很难脱逃
谁也不想揭开谜底
谁也不知极终目标

只要有沟渠流淌成溪
就这样盲目向下流去
偶尔脱颖而出乘云飞
还得重新降落入尘泥

2006 年 4 月 9 日

泰山六题

（组诗）

十 八 盘

上升，一圈圈
——拓展地平线

下降，一层层
——缩小新景观

人生之巅十八盘
升升降降寻常见

中 天 门

爬上中天门
——热汗满腮

遥望扇子崖
——凉风徐来

并非人工巧设计
自有造物早安排

泰 山 松

泅泳出云海
昂首立山崖

一粒红珍珠
张口吐出来

一棵泰山松
一条云中龙

对 松 山

何年何月山崩地裂
一对情侣双双分开

至今隔涧遥相望

长长手臂伸过来

中间的裂痕尚未愈合
拥抱的一刻还需等待

天 街 行

风推云拥天街行
一路担心脚踏空

一旦升仙心没底
生来习惯做凡人

神宫檐下留个影
印证天堂伪与真

泰山无字碑

无无者是有
有有者乃无
——引公木诗句

目不识丁的你

也来读读试试

不必，读出声
有声，易失真

有字，难不朽
无字，能永存

不怕，人篡改
何惧，被增删

读者难计其数
懂者屈指可数

无字裸露整体
有字表现局部

无字外延无限
有字内涵有限

交给时空评说

此碑永不寂寞

且莫碑前久立
免得失落自己

微型沙瀑

海风吹得我打个喷嚏
满捧沙子从指缝漏失

一袭微型的流沙飞瀑
突然展现出新的风姿

一束电流导入了经络
十指战栗着不能自制

刚刚开始就数倒计时
眨眨眼皮又被风掀去

沙子流失了可以捧起

生命流失了何处寻觅

何况一瞬间难以悟出——
哪一粒沙子是我自己？

初访潭柘寺

（三首）

石　　鱼

可观可赏不可食
劝君口莫生贪痴

掷　　钱

九投皆空一投中
击响余生平安神

升官发财非吾愿
写诗编诗建诗园

抽　签

急过独木桥
大步赛流星

稍稍一犹豫
失足溪涧中

自信心乏力
事事难成功

2010 年 6 月 21 日

动物新境界

（组诗）

虎　王

——深圳野生动物园所见

利齿，全部摘除
尖爪，如数剪秃

静卧假山前似睡非睡
打一个呵欠模拟发怒

还剩身虎皮尚未褪色
还有副虎骨棱角凸出

额头的王字三横一竖
衬托留影者神气十足

人将降大任于斯虎也
做副活道具风流千古

2002 年 2 月 24 日

鹰　歌

停翅，暂借风力浮升
俯冲，全凭一颗铁胆

从不羡慕白云乘风舒卷
自由要靠自主驭风扬帆

惟有飞翔的时刻
拥有蓝天的高远

画蛇添翅

画蛇添足多只脚
还是一条地里虫

画蛇添翅凌空飞
就是一条云中龙

一朝骑在龙背上
五湖四海任我行

耕耘播雨寻常事
兴风作浪也轻松

点睛要靠神来笔
谁是当代新叶公？

2002 年 10 月 20 日

蝴蝶，蝴蝶

飞入庄子的梦里
——探索一场虚无

飞出梁祝的坟头
——经历一圈实有

进进——出出
果然——开悟

蝴蝶啊，蝴蝶

　　边飞啊，边舞

2006 年 4 月 29 日

两 只 鸟

　　笼中鸟，羡慕自由飞翔
　　空中鸟，渴望安逸温饱

　　空中鸟天天围着笼子飞
　　笼中鸟常常朝着天空叫

　　有一天主人忘记关笼门
　　两只鸟偷偷互换了位置

　　一只鸟，自由飞翔中累死
　　一只鸟，安逸温饱中囚死

2003 年 12 月 24 日

鸭之梦想

　　鸭子，上树梢

梦想，腾云霄

无风，不借力
有风，心长草

逆风，飞不远
顺风，飞不高

风柔，难展翅
风硬，伤羽毛

一阵狂风起
吓得呱呱叫

2005 年 3 月 10 日

梦虎成真
——读"周老虎"有感

梦游路过景阳冈
邀请武松喝二两

醉后大侃当年勇
请我给他照张相

吹口法气猛虎现

英雄骑在虎背上

借助手机留个影

互联网上美名扬

只要热炒三个月

真真假假又何妨

癞　蛤　蟆

癞蛤蟆想吃天鹅肉

大摇大摆上酒楼

刚刚喝下了酒三碗

拍拍脸皮露了丑

厨师顺手捉了去

——投入油锅炸又熘

嗞啦一声后悔迟

——又陪贵客下了酒

2012 年 3 月 5 日

蚂蚁搬山

众蚁聚会太山巅
赶超愚公要搬山

自称天下大力士
动物奥运曾夺冠

蚁王挥手一声吼
群蚁列队勇向前

先肃青峰一层绿
再移秃岭花岗岩

山脚开座水泥厂
众志成城换新颜

蜂蛛喊冤

拉丝结网　维持生计
从来不曾　结党营私
根根细丝　自我孕育
从来不屑　仗势夺取

不似电网　灭绝鱼虾
不似鸟网　折损飞羽
常遭风雨　雷电袭击
知不知足　我心自知
常被谩骂　贪婪无厌
千古冤案　无人受理

笼　鸟

刚入笼门，劲翅
扑扑棱棱，抗争
天长日久——
服服帖帖，收拢

刚关笼门，尖喙
不吃不喝，绝食
日久天长——
又歌又唱，美食

食宿无忧后
——鸟笼变行宫
天天唱颂歌
——笨鸟赛百灵

2011 年 3 月 4 日

蓝天·白鸽

蓝天——宽阔的溜冰场
白鸽——潇洒的运动员

突破层层僵化的平面
正为人们把自由表演

蓝天——深广的水晶宫
白鸽——自由地在游泳

拓展重重虚设的栏栅
正为人们把和平示现

于是你我也两肋生羽
比翼翱翔在万里蓝天

第 三 辑
只要还有风

我 是 风

我是风
一刻也不祈求安宁

我不学蝶翼停在花蕊
迷恋那缕诱人的幽香
我不学蝉翅伏在树梢
没完没了把自我歌唱

我是风
一刻也不祈求安宁

浪尖的帆影是我的羽扇
飘荡的云片是我的霓裳
围一环日晕的腰带
爱在宇宙空间闯荡

我是风
我一刻也不祈求安宁

早春我给纸鸢一双飞翅
去实现征服蓝天的幻想
浮载蒲公英洁白的羽绒
把生命的信息无限扩张

我是风
一刻也不祈求安宁

即使因疲劳嗜睡
也不肯收拢透明的翅膀
哪怕只闻一声鸟叫
也能使我清醒开始奔忙

我是风
一刻也不祈求安宁

停滞，没有出路
静止，等于夭亡
封闭的铁罐无法储存

我只能在运动中成长

我是风
永远不会祈求安宁

你的心啊

有鹰隼振翅翱翔
你的心——
便拓展成万里长空

有八哥频频问候
你的心——
便收缩成檐下鸟笼

有嗔恨纠结罗网
你的心——
便缠绕成一团麻绳

有博爱涌流成泉
你的心——
便耸立起一脉青峰

念一句阿弥陀佛

便获得一次新生

2005 年 10 月 9 日

远 与 近

远方不远，她
随意出入我的心室
近处不近，你
随时飘离我的视域

与她聚首时，我
常常忘记你
与你亲热时，我
又把她记起

只要发生过
都不会消逝
无论是虚
无论是实

2006 年 5 月 2 日

一点即通
——读报有感

一点就破，我以笔尖
把一纸广告戳个窟窿
溜进一股，扑面冷气
裹携一只无形的飞虫

嗡嗡嘤嘤，绕头三匝
突然钻进了我的耳孔
不知所始，不问所终
感染了一种耳鸣顽症

点到为止，难把握分寸
点破未止，延长了忧愤

2004 年 11 月 4 日

迷　宫

脚下，凸凸凹凹
围墙，高高低低

猛抬头看见是门
刚迈步却又碰壁

撞碎的近视镜片
自己小心地拾起

回头路通往回头路
绕圈子紧接绕圈子

是谁设计的迷宫
让你周旋一辈子？

南　墙

忽高忽低，忽厚忽薄
忽隐忽现，很难捉摸

胆大的你，头破血流
胆小的他，退避三舍

撞个裂缝，马上愈合
飞檐走壁，也难逃脱

有谁能够，自由穿行
崂山道士，那是传说

似有若无，亦虚亦实
南墙非墙，不攻自破

记　梦

一只蜻蜓，闯进梦中
嘤嘤嗡嗡搅起股旋风
梦海里顷刻波翻浪涌
惊涛拍岸，雷声轰鸣

直升机在云层里盘旋
抛下一条救生的缆绳
刚刚抓住绳索的末端
半空中失手跌进海中

不是老伴及时地唤醒
今夜我也闯一回龙宫

2008 年 11 月 22 日

人生不过几道槛
——古稀自寿

原以为那是一堵高墙
远远横在岁月的路上

今天来到了跟前一看
哈哈！不过是道门槛

前脚迈进，后脚稍停
我想骑着它看个究竟

是谁在背后轻轻一拥
忽悠一下就跌进圈中

急匆匆回头望了一眼
身后的大门已经关严

2008 年 10 月 1 日

只要还有风……

只要还有风在劲吹
阵阵扑面入怀
你我就会有相逢的机会

只要还有水在流动
偶然擦肩而过
就会有你我重叠的侧影

只要还有梦在幻变
夜夜都会重播
那一次廊桥邂逅的片段

真爱永不飘散
短暂无异千年

2006 年 4 月 12 日

错　车

突然间望见了你
你同时发现了我

目光在这一瞬接通
却又在这一瞬拉折

我伸长了胳膊
你探出了身子

两只渴望的手掌啊
无法在这一刻相握

机遇常常如此残酷
刚刚到来转眼错过

串　台

万籁无声　夜深人静
人体电台　开始播音
脉搏频率　随心所欲
波段选择　完全失控

互不干扰　同床异梦
南辕北辙　频率相碰
串台事故　时有发生
耳朵功能　与时俱增

他在高唱　女声黑头
你在低吟　雪月花风
谁的嗓门　拔得最高
谁就拥有　大批听众

选台按钮　排列错乱
百般无聊　频频扣动
寂寞烘烤　心烦意乱
意象纷飞　思绪难平

明明知道　没有疗效
也要干吞　几片安定

1991 年 1 月 18 日

影　子

你的影子，是因为
你遮挡了你自己的光

我的影子，是由于
我遮挡了我自己的光

人人的影子，都因为
自己遮挡了自己的光

无论光从什么方向辐射
你都是在自己遮挡自己

光，能透视人体
光，难遏制人欲

2006 年 2 月 20 日

今天，我生日

中国年，九月初三日恰逢新世纪 2010.10.10 这一天……

七十一年，皆被动
而今当下，我主动

——今天，我生日
——自荐，做诗童

远了，远了一串零
——初生日的哭声
近了，近了零一串
——再生日的笑声

——今天，我生日
——开始，新诗龄

握住孙悟空金箍棒
——一支笔杆
踏上小哪吒风火轮
——一路铃声

——重写新游记
——开慧塑诗魂

我是桥梁

我比你们的个高
我比你们的腿长

我已经卷起裤脚
站立在河流中央

来，踩着我的手臂
来，踏上我的肩膀

大胆地跨过去吧
小兄弟不要心慌

凡有阻遏的地方
就有我，我是桥梁

2002 年 6 月 8 日

中 国 结

一条线自己跟自己纠缠
结成了许许多多的扣子

有人说，这条线——
是九曲回肠的情丝

有人说，这条线——
是九龙戏珠的胡须

我说，这条线是纤绳
神舟起航要把它拉直

2004 年 12 月 21 日

顶　　点

一颗小水珠破水而出
兴奋地冲上半空

一颗小水珠身披彩虹
勇敢地冲上半空

顶点不是久留之处
很快跌回喷泉池中

一颗小水珠尚未恢复平静
一颗紧接着又冲上了半空

顶点，只要冲上一次
足够，自我回味一生

喷泉的一颗颗小小水珠

不在乎自己有多么被动

2003 年 6 月 21 日

黑蜡烛与白蜡烛

黑蜡烛，白蜡烛
肩并肩难兄难弟

一忽儿你狂笑不止
一忽儿我向隅暗泣

也曾被那只黑蜡烛
——引向深渊无底

也曾被这只白蜡烛
——拉上登山高梯

上浮时眼花腿软
下滑时头晕心悸

烛影身前身后
身影忽高忽低

黑蜡烛也不是鬼怪
谷底也有新辟的景区

白蜡烛也不是天使
峰巅常常面临着绝壁

黑蜡烛引路不必
——不必唉声叹气

白蜡烛高照无须
——无须忘乎所以

老 沙 发

患了风湿关节病
主人一坐就喊痛

自从主人住医院
方知自己更可怜

抱着肥猫睡午觉
好像在哄小外孙

扳着指头数日子
一天比一天郁闷

盼望主人早康复
情愿陪他度残生

最怕主人去不返

新人把他扔出门

2003 年 4 月 30 日

石头这样说

我是石头，我不流泪
石头是我，我会发火

如果遭到恶意击打
如果失足滚下陡坡

既有可能遭碎尸万段
也有可能被研成粉末

然而，只要还有机遇
依然，能够重竖巍峨

生存的姿态万千
不变的刚强性格

我不流泪，我是石头
我爱发火，石头是我

2005 年 10 月 21 日

布娃娃发怒

笑也无法尽情笑
哭也不能随意哭
表情的分寸人工固化
布娃娃心里很不舒服

今朝有意一反常态
无缘无故突然发怒
床头一跃跳上桌面
龇牙咧嘴横眉立目

此举气歪小主人鼻子
拎起布娃娃狠抡三匝
塑胶脑壳摔裂于南墙
嘣噔呛一场闹剧落幕

2006 年 4 月 12 日

冰雕美女

昨天，面对寒流微笑
今天，披着暖风哭泣

用表情自己作秀
却总是不由自己

一天比一天消瘦下去
一天比一天晶莹美丽

骨感美刚刚凸现
就有点魂不附体

头上有小鸟喳喳鸣唱
脚下有小草悄悄泛绿

月兔的策划

我的工作机械又单调
天天在给嫦娥小姐捣药

她一直坚持常年减肥
追求永恒的美丽和苗条

我要发明一种永动电磨
动力是阳光费用很小

遥闻地球的姑娘都爱俏
骨感美的回头率最高

先申请玉兔专利商标
再聘请嫦娥下凡推销

2005 年 3 月 2 日

翘 翘 板

你在那头，我在这头
中间横着一根升降轴

一忽儿我上升，天鹅展翅
一忽儿你上升，两肋生羽

一忽儿你下降，枯叶落地
一忽儿我下降，以卵击石

上升的一瞬，有点心虚
下降的一瞬，有点心悸

轴心，只有一个
愿望，总有差异

线式生活

一条直线，一根琴弦
喜怒哀乐，亲手拨弹

一条曲线，一根锁链
挣脱一环，又添一环

我沿着折线石阶向上
面对一座雾笼的高山

你沿着曲线天天周旋
双眼迷离享受着晕眩

生活的半径忽长忽短
滚动成时空大圈小圈

2008 年 8 月 3 日

第 四 辑

记忆留心上

致　妻

之　一

你刚刚说出上半句
我立刻道破下半句
上下句合在一起
才是一句完美的诗
会心的笑做删节号
闪耀在目光的绿荫里
像一串晶莹的葡萄
包蕴着熟透的甜蜜

你能够代表我
我能够代表你
无论在什么场合
都享有这种权利

也不是事前委托
也不是早有协议
二十五年爱情的花萼
结成一枚果实叫默契

争吵，偶有火星迸溅
却从未形成火警告急
或者目睹你的嗔笑
或者耳闻我的谐语
否则，谁也绝不肯
擅自脱离现场远去——
不许独自暗生闷气
成了一条夫妻间的纪律

走路，你常把我当成孩子
总是把险情留给自己——
让我踩着你的脚窝儿
跨越泥泞踏平那崎岖
你用身躯做钢轨
我将生命化轮子
人生之旅并非绿灯长明
向前！向前！我们驰驱

离别，从未书信频传

谁也不担心被谁忘记

天各一方，了如指掌

铁窗内外，命脉相系

你我心头都有一台仪器

准确地传递着爱的信息

今天，我正要举手叩门

你便推开门迎出满脸喜气……

你为我挡过寒风

我为你遮过暑雨

你摇晃时，我相持

我倾斜时，你相依

然而，我们是各自独立的树

盘结在生活的热土里

构成了命运的根基

之　二

是你，用一张精美的信笺

把我的心载向遥远

信笺忽然变成了一页高帆

四周是无边的海水蓝蓝

海面常有不定向的季风
不易判断西北东南
在风浪间漂荡的日子
怎能不令人悬心吊胆

于是，我学着悄悄抽出诗行
试图拧成一根结实的巨缆
如今，缆绳已经很长很长
而距离港湾却仍然那么遥远

闭上眼睛在爱的海面入睡吧
只要头部枕在你臂弯
我的梦就会像海一样充实
咸涩浸透着几分甘甜……

之　　三

你从我的眼镜里端详自己
我从你的笑容里欣赏自己
你的眼里，我是美的
我的心里，你是美的

我是你的镜子

你是我的尺子
我们对照衡量的结论
总是那么一致

搏击风浪的船桨
不会依赖顺风鼓胀的帆
思想已从幼稚走向成熟
两颗心搏动一个频率

你确是我的
精神楼阁的如磐基石
我的理想正在
这块磐石底座上建起

握着你的手我的力量顿增
并不是因为它曾削铁如泥
生活将在高速旋转中飞腾
爱情是中年人翱翔的羽翼

致　妻

你心里有本成绩手册
记录了我的全部过失

每当我发傻的时刻
便翻开来叫我复习

我是一个留级学生
每每回答都不满意

于是你既恨我没有进步
又怨自己教导没有效益

都因为爱到极致
萌生了恨的根须

亲爱的

知不知——

聪明人学乖不难

傻瓜学聪明不易

2004 年 1 月 20 日

你我与诗

你，卧在我的左侧
诗，卧在我的右侧

我拥你的时刻
——灵感常提醒我

我写诗的时刻
你却常拥抱我

你我与诗，就这样
三位一体难舍难分

1996 年 6 月 27 日

你从不曾问过我

你从不曾问过我
你究竟爱我什么
因为这样的疑问
你从不曾发生过

我也无法回答你
究竟为什么爱你
因为我确实不知
真爱要什么依据

2002 年 10 月 31 日

痴 恋

当山峰下沉成海
当海底上浮成山

走兽生鳍畅泳碧水
游鱼长翅翱翔蓝天

你我化为一对企鹅
水陆两栖相偎相伴

在岸边沐风吟唱
在水里戏波冲浪

2003 年 10 月 12 日

即使你的爱

即使你的爱哺育了
我的每只细胞的蝌蚪

即使你的爱鼓起了
我的跃上河岸的勇气

我也不能够对你说
你的爱就是我的一切

失去它的光辉照耀
就丧失了人生的价值

爱情不能够画地为牢
青春也不是爱情奴隶

一只青蛙要终生歌唱

爱情是乐曲不是歌词

1991 年 2 月 10 日

小 人 国

我是你的孩子
——老也长不大
你是我的孩子
——童心常开花

一忽儿我是爸爸
一忽儿你是妈妈
走进人生游乐园
小人国里过家家

2005 年 3 月 16 日

如 果 把

如果把我的一个细胞
和你的一个放在一起

相同的成分很大很大
不同的比例微乎其微

求同存异极其相似
你就是我我就是你

你生我死，我生你死
生生死死，世代相继

2006 年 3 月 28 日

同床异梦

常常，同床异梦
醒后，各说其梦

美梦，说着同悦
噩梦，说过不惊

怪梦，引发思索
验证，弗洛伊德

即使，梦见初恋
也愿，共享浪漫

只要有梦可说
活着便不寂寞

2003 年 7 月 28 日

请你转过脸来

背对背并非遥远
面对面难说亲近

一旦目光对接成功
厚壁也会突然塌崩

一种麻麻酥酥的通感
刹那浸透你我的心身

只要你转过脸来
视线才能够撞碰

2005 年 8 月 13 日

想 通 了
——献给妻子63岁生日

想通了，呼出口怨气
吸入了满腔新鲜空气

想通了，穿透了隧道
看见了一片开阔天地

想通了，放飞了子女
拓宽了自我精神领域

想通了，子女做朋友
老伴变成最乖的孩子

想通了，舒展了愁容
绽放出朗笑的美丽

想通了，夕照的岁月
才能够活出点诗意

2004 年 1 月 28 日甲申正月初七晨

人老了，梦还年轻

人老了，梦还年轻
一颗诗心怦怦然跃动

孩童时，放飞的信鸽
哨音还在心空常鸣
青春期，朦胧的恋情
目光烁烁扫描憧憬
老两口，同床异梦
梦醒说梦，不失天真

只要你的梦还很年轻
请不要脱口宣告黄昏

2009 年 2 月 1 日己丑正月初七

第 五 辑
时间的镜面

镜子系列

（组诗）

镜　子

遭玷污时，不言不语
你丑化他，他丑化你

被击碎时，一声尖叫
块块残片，刀样锋利

爱憎分明，满脸正气
牛鬼蛇神，也敢审视

2003 年 3 月 14 日

临　镜

你欣赏镜中的你
镜中的你也欣赏你

相视一笑，自己宽慰自己
你怨恨镜中的你
镜中的你也怨恨你

猛挥一拳，自己打碎自己
无论你逃到哪里
都必须面对自己

给　你

面对镜子细心地观看
自己对自己也很陌生
难道那个人就是我吗
真是对冤家狭路相逢

转过脸来紧闭上双眼
倒吸口冷气满腹惊恐
自己的脸谱自己涂抹

砸碎镜子也难得平静

两面镜子

面对面，相互审视
你眼里有我
我心中也有你

背对背，相互猜疑
你心中没有我
我眼里也没有你

两面镜子狭路相逢
相互撞击碎骨粉尸

镜　　前

穿越镜面，飘然而去
也许便立即销声敛迹

抓住镜框，迷途而返
自然会马上获得假释

冲着镜子，大喝一声
从梦幻中唤醒了自己

人生的画面亲手彩绘
又何必常常顾影叹息

你是我的镜子

面对面，不由自主
我一步步走入了你

你却轻轻地把我呼出
让我自己把自己审视

背对背，迫不得已
我一步步远离了你

你又悄悄地把我吸入
用心珍藏起我的影子

爱的生存状态
只在一呼一吸

2004 年 2 月 4 日

魔　镜

——报载：法国最近发明一种镜子，能让人看到自己变老，呈现出未来十年后的容貌……

邀十年后的自我
与十年前的自我
手拉手一起出场
合演一台二人转

调整好亮度与色彩
遥控器在我手心紧攥
去审视魔镜的深层
看两个自我相互周旋

先衰的嗓门嘶哑
未老的行腔高亢
似曾相识，初次相逢
一个欠债，一个讨账

我只能隔岸观火
却不能上台帮腔
一怒之下砸破魔镜
满地碎片闪闪发光

一台讨债逼命的闹剧

突然变成无数个分场……

惊恐的我瞠目结舌

却不敢把眼皮合上……

哈哈镜馆印象

进了哈哈镜馆寻开心，
谁知笑过心情更沉重。

这面镜前站一站，
忽然变成烟囱样——
眼睛鼻子一条线，
什么力量把我挤扁长？
还是为了穿过山石缝，
去寻觅那一线之光？

这面镜前停一停，
截成一段朽木桩——
脖腔又生两只脚，
一共四只两头长。
可是不见头与脑，

四脚也难走出镜框框!

这面镜前晃一晃,
吓得倒退心发慌——
不知用了什么增肥剂,
还是某种私欲大扩张。
脑袋赛猪腿如象,
险些胀碎大镜框!

幸亏门前一平镜,
恢复了我的真相——
不然走出哈哈镜馆,
岂不忘记自己啥模样?
生活中人体很少变形,
精神蜕变却习以为常。
沉思中要学会反省,
哈哈镜开一面天窗!

1981 年 5 月于吉林北山

火　狐

一只火红火红的狐狸
突然窜进我的诗行里
诗行并不是原始森林
怎能遮掩聊斋的神奇

一只火红火红的狐狸
海浪般在我脚边嬉戏
翻个跟斗忽地扑上身
溅湿了满怀诗情画意

一只火红火红的狐狸
转眼间又从视野消失
留下一缕清脆的朗笑
点燃了秋雨淅淅沥沥

1985 年 10 月 25 日

（选自《黄淮九言抒情诗》中国文联出版公司 1988 年版）

演奏高潮

个个点儿，晕眩失控
摇头晃脑，跌跌撞撞……

条条线儿，不由自主
摆动腰肢，旋转俯仰……

每方凸凹都化片仙毯
飘飘忽忽，扶摇直上……

血球的音符蝶舞蜂唱
神经的乐谱浪涌潮涨

心鼓被敲击山呼海应
脑壳做音箱共鸣回响

一辈子亲历一场这样的
——演奏高潮

你我就不枉在人间携手
——奔走一遭

2004 年 2 月 16 日

灵感，定会重生

一粒流萤，把夜色
——划出一道光痕

一声鸟鸣，把空山
——扯开一条裂璺

一尾蝌蚪，把静水
——扫成一池波纹

一行诗的灵感
惊醒了我的凌晨浅梦

一枚野草籽儿
落入大脑沟回的土层

总有那么一天

会染绿于某一场春风

2006 年 5 月 1 日

厚黑学"复兴"

——有感于大学毕业求职争读"厚黑学"现象

心眼黑源于贪婪
脸皮厚护卫尊严

刚刚读完大学本科
业余把厚黑学钻研

登上市场大舞台
争当一个好演员

有人下台前狠搂一把
你没上台就打好算盘

最可叹
学习反面教材
甘当反面教员!

2006年2月7日

夜话，我和我

我选择午夜的时刻
我跨出肉体的框框
一个我和另一个我对面而卧

我选择午夜的寂寞
我突破先天的局限
一个我和另一个我开始唠嗑

总是有些什么隔膜
总是有些语不投机
一个我和另一个我陷入沉默

一个感觉另一个冷漠
一个怀疑另一个真诚
一个我却很难摆脱另一个我

2006 年 4 月 10 日

街　灯

本是事发现场
——唯一见证人
然而从来不肯
——出庭去做证

一枚脱轨的石子
误伤了他的眼睛
却有不在场的人
站出来为他作证

见义勇为只在嘴上说说
街灯是个冷漠的旁观者

2006 年 3 月 29 日

坚　持

一片枯叶坚持了一个冬季
孤单地悬垂在高高的枝头
高举着一面暗黄色的小旗
招摇着把春天的阳光迎候

很自信，还要继续坚持
再轮回一次，跨越冬季
并不在乎它立足的枯枝
能否会被春风唤出新绿

哪怕有一天在风中化羽
也要留片影子坚持到底

2006 年 3 月 5 日

古稀前奏曲

我渴望返回青春群体
虽然，我的脚步有些犹豫
然而，他们回头看我一眼
却又把目光掉转回去……

我抗拒步入老年群体
虽然，我的脚步还在迟疑
然而，他们眼睛紧盯着我
目光如网要把我捞起……

徘徊中我从夹道间溜出
径直向孩童们中间奔去
天真的童心善良又单纯
他们马上就跑过来欢迎

2006 年 5 月 23 日

只　要

只要，眼角和嘴角之间
那条沟渠尚未堵塞

只要，舌头尖还没麻痹
能够尝出泪水咸涩

只要，呼吸和心跳之间
连动节奏还很和谐

你就该知道所谓活着
并不等于真正的生活

开　关

关灯的刹那，很难把
神思埋葬在夜的深层

开灯的瞬间，也难把
内脏挖出来冲洗干净

生活预留的时空无限广阔
灯光的明灭怎能无关痒痛

开关受他人指尖遥控
好像连续剧登陆荧屏

开关被自己握在掌心
究竟能获得几分主动？

2006 年 2 月 29 日

树　葬

把骨灰和土一起搅拌
就是一种新型营养剂

在树苗植入大地之时
把你的遗嘱添加进去

一边为根须调和乳汁
一边沿年轮爬上旋梯

携着大地母亲的希冀
为绿叶播放一支乐曲

请你不要再忧心忡忡——
有人拎着锯把你审视

2006 年 4 月 11 日

背　　后

走路，你总是回头回脑
好像，背后有个人跟着

当你，从银行取出养老金
这种感觉令人加速心跳

即使，平安地回到家门口
你也，习惯地回头瞧瞧

警惕的神经绷得很紧
生活的琴弦往往跑调

你也常常埋怨你自己
也很想活得轻松逍遥

2006 年 5 月 12 日

一扇旧门

一扇旧门，腰夹着门闩
呼扇呼扇，累得直喘
踏着残垣断壁大声呼喊
朝夕相处的携手老伴

一扇旧门，腰夹着门闩
坎坎坷坷，跌跌绊绊
沿着这条老街一路搜寻
不断呼唤失踪的老伴

一扇旧门，腰夹着门闩
一脚踏空，仰面朝天
腰夹的门闩也抛向半空
又摔到地上咔嚓两段

天亮时推土机就要进场
旧门的相思也一拍两散

2012 年 8 月 27 日

第 六 辑

活着为什么

虹 之 梦

好久好久好久好久了
我没有梦见童年的虹
真想真想真想逃出雨巷
跑到旷野里重温旧梦

趁着落日睡眼迷离时
悄悄把彩虹扯下一角
捧送给新月小姐做头巾
静静地听她一声朗笑

2005 年 3 月 2 日

雪人小红帽

她在梦中把我呼唤
我在梦中把她寻找
我们相逢在寒夜里
一起去寻找小红帽

自从送她一顶小红帽
她就开始不停地说笑
小朋友围着她又唱又跳
小红帽一蹿一蹿像火苗

昨夜刮了一宿狂风
雪人小红帽刮丢了
天亮了这才惊喜地发现
小红帽在雪山尖上闪耀

2005 年 3 月 13 日

人人是个点

人人是个点
交往连成线

偶然，一段平直
常常，拐弯画圈

长长短短难预料
圆圆扁扁靠机缘

摩擦，冒几点火星
碰撞，粉碎成残片

断线，风筝飞
失足，滚石蛋

月 光 下

站在金色的月亮地里
手中的酒杯高高举起
我与李白的醉影重叠
实现一度跨时空幸遇

碰杯的感觉是响脆的
同舞的体验是轻盈的
月光复印的种种意象
又在心潮里层层泛起

涅槃总是很短暂
生命在诗中延续

2003 年 9 月 4 日

门
——题一幅油画

指头，被思想遥控
门，就如此这般的
先于墙在画面降生

无所谓门里或者门外
置于路的血脉网络间
保持自立的从容表情

门里门外，无须识别
走进走出，不必多虑
叩动门铃也无动于衷

作为意象或某种感觉
允许风随意进进出出
未曾被门齿伤损毫分

2006 年 4 月 7 日

深圳·夜半·风

从耳畔掠过漫卷旌旗
从心头掠过铁马金戈

灵感不知从何时起飞
诗句不知向何处降落

梦境被风撕成碎片
一层一层把我埋没

交通警察下岗回家
城市拜托给了风哥

诗，在人心头酣睡
人，在风声里醒着

唯有欲望在风之外
不断扩张它的触觉

一只轻盈空腹的蚊子
趁我失神时狠狠叮咬

我·风声·夜半·深圳
深圳·夜半·风声·我

1994 年 4 月 12 日

惠州西湖

鸽游浅底
与鱼尾追逐嬉戏
鱼翔高天
与日月喽喋亲昵

苏堤绿柳
低垂长发轻柔漂洗
山巅白塔
摆动裙裾摇曳泳姿

一旦被净水揽进怀里
就能哺育出无限生机

2004 年 3 月 16 日

重　庆

山是一棵树
树是一座城

跨进朝天门
步步得攀登

朝阳开花雾也红
繁星结籽夜更明

想逛雾重庆
腿脚得过硬

2006 年 5 月 9 日

一　滴

一滴热泪眼圈里旋转
没有冲破睫毛的栅栏
溶化不开相思的痛感

一滴冷汗鼻尖上逗留
失足跌进疲倦的呵欠
滋润不透舌头的呆板

一滴鲜血脉管里奔驰
撞裂硬化的毛细血管
突然引发全身的瘫痪

一滴，微不足道的一滴
一滴，可有可无的一滴
一滴，一颗自杀的炸弹

2002 年 6 月 21 日

生　活

有人说生活像网
——你我他就是鱼
天天在网眼里穿梭
一忽儿来，一忽儿去

有人说生活像水
——你我他还是鱼
时时在浪波里游泳
一忽儿高，一忽儿低

当网一旦被拉起
——谁是漏网的？
当水一旦遭污染
——谁是幸存的？

2005 年 3 月 4 日

阳光，阳光……

对她，阳光就是尖利的钢针
由于她的皮肤过于娇嫩
对他，阳光便是温热的视线
因而他的脸色格外红润

阳光，从来不厚此薄彼
——因人而异改变过眼神
阳光，也不曾忽冷忽热
——因遭诽谤而放弃公正

遮蔽阳光的阴霾必将消散
欢迎阳光的新芽睁开双眼
只要还有微弱的呼吸
就有阳光的鼓励爱怜

谁妄想逃脱阳光审视

——谁就失去求生的可能

谁能得到阳光的关照

——谁就获得生活的信心

阳光为你编织过金冠

阳光为我彩绘过笑容

人眼常常阴晴幻变

阳光总是一视同仁

演奏一曲生命大合唱

拨响阳光的金色竖琴

一切须臾难离的东西

都最最宝贵令人珍惜

我相信阳光空气和水

最终定会统一人类的思维

要想地球不变成炼狱

就要好好热爱这阳光宝贝

2006 年 5 月 23 日

联　　想

一个动荡的点
一条线的导师

一条缠绵的线
一张网的织女

一张重叠的网
一只蚕的囚室

一只煮熟的茧
抽一根带血的丝

一根拉直的丝

钓一条贪吃的鱼

一条红烧的鱼
落进无底的嘴里

时 间 河

不知从哪里流来
不知向何处流去

时间是一条长河
你我是浪里游鱼

随波逐流逍遥游
欢乐嬉戏觅伴侣

逆水敢作龙门跳
千载难逢的机遇

跳过去的谁曾见
摔死皆被恶浪噬

落几片阳光金鳞
吐一串无奈叹息

大河也有断流时
时间涌流无尽期

谁在岸上曰：逝者如斯夫
一呼一吸才是生存的证据

2004 年 1 月 28 日

你好！杨利伟！

你好！杨利伟！
杨利伟，你好！

你牵引世界的目光
——把地球一圈圈环绕
让五湖四海都撒满
——十三亿人民的自豪

杨利伟，你好！

你的心在我的胸膛
——欢跳
我的心在神舟座舱
——欢跳

杨利伟，你好！

夜里做梦生飞羽
白天走路高抬脚
寂寞嫦娥洒热泪
频舞长袖把手招

杨利伟，你好！

劝吴刚且莫砍桂树
请玉兔暂停捣灵药
背井离乡苦相思
亲人团聚在今朝

杨利伟，你好！

环宇飞传炎黄子孙的梦想
银河飘来牛郎织女的欢笑
不怕笑在人后
但要笑得最好

杨利伟，你好！

你是神州第一位天使
远播中华腾飞的讯号
先要想得美
更要做得妙

你好！杨利伟！
杨利伟，你好！

2004 年 3 月 29 日

活着为什么

活着为什么？为什么活着？
春夏秋冬的阳光普照我
黑白晨昏的风雨沐浴我
表情的彩色爱恨交织
呼吸的味道忽冷忽热

活着为什么？为什么活着？
难得糊涂的意念催逼我
铁面无情的岁月雕刻我
欲躲避之时反被套牢
想投入之时常遇阻遏

活着为什么？为什么活着？
五光十色的世俗风化我
七情六欲的人性诱惑我

清白如玉的越涂越黑
漆黑如炭的永不褪色

活着为什么？为什么活着？
离真实越近脚步越犹豫
离真理越远舞姿越洒脱
睁开眼睛时熟视无睹
闭上眼睛时无可奈何

活着为什么？
为什么活着？

手　语

支棱起兔子耳朵
叉开中指和食指

高举着自己手臂
亮出一个"V"字

委屈了大拇指头
丧失了老子第一

无名指倒很庆幸
由于紧贴着中指

而那枚人工钻戒
趁势闪一闪眸子

小指一向无所谓
可有可无的位置

只有当鼻孔发痒
主人才忽然想起

手语，无师自通
手语，世界通用

世界大同日——
屈指可数时？

2006 年 4 月 9 日

放 风 筝

放风筝——放风筝——放风筝
放风筝——放风筝——放风筝

我牵着一条无限延伸的视线
线牵着一只无影无形的风筝
我仰望客厅灯光灿烂的穹顶
控制着纸鸢盘旋飞行的领空
我拽着童年腾云驾雾的梦境
认真地牧放青春飘逝的憧憬

放风筝——放风筝——放风筝
放风筝——放风筝——放风筝

虚拟的时空掩盖真实的时空
辐射的视线串联星星和吊灯

放飞执着，放飞青鸟
放飞妄想，放飞乌云
一场飓风曾经折断银翅
一场骤雨也曾剥落金鳞

放风筝——放风筝——放风筝
放风筝——放风筝——放风筝

穿越云层，沐浴阳光
冲破迷雾，共享月晕
放飞嗔恨，放飞燕雀
放飞贪婪，放飞饿鹰
松开手中那条绷紧的长线
自然获得逍遥自在的轻松

放风筝——放风筝——放风筝
放风筝——放风筝——放风筝

突破季节场地种种框架
借用东西南北阵阵虚风
放飞神思，放飞灵感
放飞幻象，放飞诗情
拉直扭曲弯曲的畸形脊柱

恢复老化僵化的颈椎弹性

放风筝——放风筝——放风筝
放风筝——放风筝——放风筝

上上下下，左左右右
高高低低，远远近近
飘飘摇摇，忽忽悠悠
起起落落，浮浮沉沉
一个我正在放飞另一个我
风筝就是我，我就是风筝

放风筝——放风筝——放风筝
放风筝——放风筝——放风筝

2006 年 3 月 29 日

并非醉话
——再致某君

用耳倾听，觉得是你说的
用心默念，觉得又不像你
人间的一切语种
都可以翻译成诗
唯有醉话属于例外
醉话乃另一种真实

——清醒时容易忘却
——昏醉后重新记起
紧紧跟着个人感觉走
迟早失掉理想的目标
并非可以理解的
都能引以为自豪

人字撇捺一左一右

只要其一拦腰骨折

——人生的金字塔

——就将房倒屋塌

雕像是自己设计的

誓言是给别人听的

——或者用来欺人

——或者用来自欺

1990 年 12 月 14 日

市场时代

人人都在推销商品
人人都是广告载体

要生活就得不断消费
要消费就得交流信息

不情愿的你常常受骗
不自觉的他往往被欺

音响的罗网捕捞你
画面的围墙堵截你

五光十色七情六欲
——激发贪痴……

里里外外时时刻刻
——诱惑好奇……

仿佛活着就为
过一把瘾就死

难保不出卖灵魂
难免不零售躯体

消费精神享受物质
市场时代市场价值

韵　说

寻韵，看似被动
韵至，主动引领

一旦冲出重围
奇句倏然降临

换韵，别有洞天
发现，世外桃源

诗意乃是游魂
诗神导向求新

节奏，启动步调
行吟，乐趣自生

一声叹息

一声叹息，呼出
半宿的积郁——
升腾为暮云
下降为朝雨

一声欢呼，倾吐
一生的豪气——
辐射满天霞彩
凝结一轮红日

一只蚊子
绕耳旋飞
播下几圈嗡嗡嘤嘤
似在赞叹我的生日

半杯老酒
浇散块垒
整装待发气势如虎
扫兴而返步履逶迤

抖一抖花甲衣袋
掉出来一支诗笔
拉长笔尖一缕情思
钓出几尾觅食瘦鱼

最后的棋子
——还在指端犹豫
由谁来收拾
——这盘人生残局

一声叹息，一声欢呼
叹息欢呼，欢呼叹息
打开手机彩屏闪烁
迎接儿女亲切祝辞

1998 年农历九月初三

诗 手 杖
——赠诗论家周仲器先生

人生之旅，匆匆忙忙
跌倒爬起，拾根手杖

步履半径，有限缩短
思维方圆，无限扩张

诗的手杖，力撑千钧
竖可顶柱，横可架梁

足立黄土，手指青苍
收发自如，调协诗网

情思如潮，心海帆扬
今晚夕阳，明晨朝阳

2006 年 7 月 18 日

奥运之星

——献给 2008 年北京

你是一颗星

我是一颗星

千颗星

万颗星

闪烁成银河的浪花

灿烂了无限的苍穹

宇宙运动会

奥运是缩影

竞争谋发展

和谐共存永

你是一颗星

我是一颗星

千颗星

万颗星

发光的敢燃烧自我
借光的愿回向四邻

赛场不流血
成果乃共赢
宇宙运动会
人人是颗星

2006 年 7 月 30 日

孩子呵！挺住！
——温总理与灾区孩子对话

孩子呵！挺住！
挺住呵！孩子！

你看，这书包我替你捧着呢
它正等待你重新把它背起
你看，这球鞋我替你提着呢
它在等待你重新把它穿起
孩子呵，到时候咱爷俩
再来个比赛——百米冲刺
信不信？你一定一定
能够夺冠，跑第一！
不哭，孩子！学校塌了
咱们重建十级地震也震不垮的
不怕，孩子！课桌碎了
咱们再造千斤铁锤也砸不烂的

孩子呵！挺住！
挺住呵！孩子！

现在你和温爷爷重温一遍
《西游记》的神话故事
学习学习孙悟空的传奇
解放军、救援队、叔叔阿姨……
就是千手千眼的观音菩萨啊
掀掉压在你身上的大石头
蹦出来啊！你就是那个
——大闹天宫的小孙猴子！
孩子！拿出中华少年的勇气
让我们共同创造人间奇迹！
地球妈妈，打了个小喷嚏
闹点感冒，没啥子了不起

孩子呵！挺住！
挺住呵！孩子！

今天，是天地在给人上课呢
咱们，是在现场体验实习
温爷爷陪着你，让咱们共同
学习大自然界的科学知识
是啊！这一次老师真的生气了

给我们的教训有点儿严厉
只要咱们的学习成绩优异
付出些沉重代价也能大大获益！
看，天上的太阳亮在云层上
云层再厚黑也将被暖风掀去……

孩子呵！挺住！
挺住呵！孩子！

只要你相信爷爷相信自己
只要你咬紧牙关憋足气力！
听啊！祖国妈妈在亲切呼唤你
——坚持！坚持！再坚持！
明天的太阳正在冉冉升起
而你就是那一轮喷薄朝日
现在就已经突破地平线了
孩子，你马上就要昂然站起！

挺住呵！孩子！
孩子呵！挺住！
胜利和希望就属于你！
如诗如画的大千世界就属于你！

（原载 2008 年 5 月 24 日《深圳特区报》）

中国！千秋万代的家
——献给"5·12"震后遗孤的歌

孩子啊！别怕！
你不幸失去了自己的爸爸
从此，所有英雄的叔叔
都是你的好爸爸

孩子啊！别哭！
你不幸没有了亲爱的妈妈
从此，所有美丽的阿姨
都是你的新妈妈

孩子啊！别说！
你已经成了孤娃娃
今后，千千万万小朋友
都是你的小伙伴
一起上学一起玩耍

孩子啊！别怨！
你的家已经被震垮
而今，祖国这个大家庭
处处都有你的家
铜墙铁壁江山如画

孩子啊！孩子啊！
牢牢记住一句话——
有幸成为华夏炎黄子孙
中国就是千秋万代的家

2008 年 5 月 19 日

为什么我泪流满面
——"5·12"感怀

这些天，为什么视屏泪光满面
这些天，为什么眼圈湿润不干
我的心尖，还在震颤
你的泪腺，也被挖穿
一奶同胞，炎黄子孙
手足情深，血脉相连

这些天，为什么视屏泪光满面
这些天，为什么眼圈湿润不干
多难兴邦，大灾铸魂
兄弟有难，姐妹共担
天灾开讲一堂共修课
华夏儿女人人是学员

这些天，为什么视屏泪光满面

这些天，为什么眼圈湿润不干

大灾大难吹响集结号

众志成城共建新家园

天下为公，人民最大

和谐社会明天更灿烂

队礼！军礼！注目礼！

——"5·12"纪实

红领巾躺在担架上
向战士叔叔行个队礼
——充满无限敬意

护送着他的解放军
向少先队员还个军礼
——流露无限爱意

而我面对着荧屏画面
向他们回了个注目礼
——透过满眼泪滴

千 秋 歌

——献给人民教师谭千秋

你是一棵常青树

立撑一方

星斗满天宽银幕

你是一座通天桥

横铺一条

继往开来长征路

天长地久师生情

千秋基业永传承

阿福精神万岁

　　香港志愿者黄福荣，无论在日常生活里，还是在大灾大难临头时，他都是一名自觉自愿的义工和争先恐后的志愿者，汶川大地震有他，玉树大地震有他，为他人，为国家，为人类，他不惜献出一切，直至生命——他还给我们活着的人们，留下了最最宝贵的——阿福精神（这就是无私的大爱，这就是志愿者精神）。夜不能寐，含泪草成小诗——

　　　　　说什么："人不为己
　　　　　——天诛地灭！"
　　　　　有道是："人人为己
　　　　　——人类自灭！"

　　　　　天灾频发，大难临头
　　　　　地动山摇，房倒屋倾
　　　　　有人伤残，有人牺牲
　　　　　有人捐财，有人捐命

有人热泪盈眶痛不欲生
有人冷眼观景暗自庆幸
甚至也有人趁火打劫
甚至还有人借机挑衅……

——人类赖以生存的地球
——而今早已经千疮百孔
阿福精神——灵光涌现
真乃是人类的真正福音！
阿福精神——阳光普照
就可能把地球变成福星！

阿福！阿福！阿福！
——你就是大爱锻成的铆钉！
阿福！阿福！阿福！
——你就是补救方舟的铆钉！
你我他黄白黑南北西东……
人人都是这样一颗铆钉——
哪怕宇宙之海依然波涛汹涌
不漏之舟也能扬帆航行……

让我们高呼——阿福精神万岁！
让我们祝福——阿福精神长青！

2008 年 6 月 18 日

"5·12" 启示录

1

天灾，把大地撕裂；
救灾，把人心拉近。

2

天道，巡回赐教；
人道，不断提升。

3

地球是个小村落；
国国家家皆近邻。

4

空气加水是乳汁，
日月星辰育精神。

5

一奶同胞普天下，
兄弟姐妹一家亲。

6

男女老少地球人；
大智大慧铸爱心。

7

大难兴邦；
中华崛起。

8

咬紧牙关憋足气，
挺直脊梁活下去！

9

人人心中充满爱，
天塌也能扛起来。

10

祖国是我家，
永远震不垮！

11

天灾,摧毁物质建筑；
抗灾,重建精神家园。

12

大灾大难大考场，
入场都是好样的。

13

亲临现场身体力行；
电视机前感同身受。

14

地震吹响集结号；
救灾体现凝聚力。

15

海啸，洗涤灵魂；
地震，挺直脊梁。

16

亲历一场灾难，
净化一次心灵。

17

救人时伸出援手；
有难时人人伸手。

18

人人都有一颗慈悲心，
人人都是千手观世音。

19

鬼门关上走一回，
倍觉人间生活美。

20

好好活下去，
人人都可亲。

21

知识越多不该越愚蠢；
智慧越高才能越聪明。

22

你争我夺眼前利，
斗争战争埋祸根。

23

入党要有担当,以爱塑魂；
当官要有作为,以民为本。

24

党心——一颗公民心；
党魂——一缕民族魂。

25

党员——志愿的先行者；
党——志愿者的先锋队。

26

党心民心一条心，
中华民族必复兴！

27

你我他都是同胞；
家与国都是近邻。

28

同居小小地球村，
不能个人顾个人。

2008 年 5 月 23 日于深圳

天 堂 笔
——"5·12"纪实诗之一

看！这只小手拱出了废墟
掌心还紧紧握着一支笔！
听！他在无语地发出请求
前来挖掘的叔叔和阿姨——

千万别把我的笔给碰掉了
学生与笔总是形影难离！
天堂再也不会发生地震了
到那里我还要好好学习……

★2008年5月16日晚，记者在四川汉旺镇东汽中学发掘现场，拍下一名遇难的学生手里举着一支笔……

第 七 辑
天伦游乐场

最早的对话

爷爷：哦哦！哈哈！
孙子：嘿嘿！呵呵！

耳朵听不懂
只能用心听

2002 年 1 月 28 日

你是爷爷小太阳

龙龙的笑声是阳光
爷爷的笑脸是月亮

高高把你举过顶
你是爷爷小太阳

2003 年 1 月 30 日

下 楼 梯

刚刚迈过年门槛
龙龙又学下楼梯

双手抓着铁栏杆
向下一级又一级

奶奶在前头挡着
爷爷在旁边护着

就是不让谁拉着
龙龙自己能下去

一级一级又一级
一二三四五六七……

2003 年 2 月 3 日

龙龙是小狗

龙龙龙龙是小狗
见啥都要咬一口

咬毛巾，咬衣袖
也咬自个小指头

扑进爷爷的怀里
又在胳膊咬一口

咬得爷爷一声叫
撸开衣袖瞅一瞅

留下两个小牙印
起个紫泡鼓溜溜

龙龙看看心疼了
又是吹气又是揉

哄得爷爷哈哈笑
又往脸上亲一口

拉着衣袖往上盖
别人看见很害羞

2003 年 2 月 15 日

爱看《刘老根》

到了晚上八点钟
刘老根，就来了

听见东北秧歌调
龙龙又唱又是跳

刘老根儿……
刘老根儿……

看到悲伤处
龙龙不学哭

看到欢乐处
龙龙抢先笑

又鼓掌，又颠腚
跟着老根唱小调

乡音播进童心里
疯长一片绿苗苗

2003 年 2 月 17 日

常和爷爷顶脑壳

常和爷爷顶牛玩
比比谁的脑壳硬

轻轻顶，慢慢碰
冷不丁地使股劲
只听砰的一声响
爷爷眼里冒火星

爷爷摸摸孙子头：
"疼不疼？疼不疼？"
孙子摸摸爷爷头：
"不痛！不痛！"

常和爷爷玩顶牛
比比谁的脑壳硬

2003 年 2 月 22 日

小小魔术师

两只小手上下翻
嘴里念叨变变变
摊开小手让人看
"飞了！"一声喊

什么东西飞了呢？
它又飞到哪里去？
都是爷爷哄你小把戏
把你教成小小魔术师

2003 年 2 月 20 日

儿童滑梯

向上，一步一步爬山
向下，一溜到底滑坡

能上，不一定能下
下，也要有点勇气

上下，下上玩滑梯
人生，从游戏开始

2003 年 2 月 24 日

祖 孙 俩

砰！桌角撞了你的头
咧咧小嘴你没哭

急得爷爷挪桌子
给你学步让条路

左挪右挪挪不开
你却学会绕着走

小溪碰着大石头
转弯照样朝前流

不像当年你爷爷
屡撞南墙不回头

行 不 行

龙龙有句口头禅
张口闭口：行不行

"妈妈，我要喝牛奶
——行不行？"

"爸爸，我要打秋千
——行不行？"

奶奶，那个行不行？
爷爷，这样行不行？

宗宗样样都商量
一连串儿行不行？

如果这样不答应
又问那样行不行？

直到点头说声行
龙龙乐得跳又蹦

海浴归来

海浴回来更兴奋
爬上小床练游泳

两只小手向后扒
两只小脚乱扑腾

奶奶说像狗刨
爷爷夸是蛙泳

大海本是龙龙家
家庭是个小浴盆

人生就像是航海
不会游泳难远行

蛙　　泳

趴在床上学蛙泳
先学青蛙两腿蹬

爷爷助你一把力
手握小脚向前送

游到床边往回拽
一二三四又一程

2002 年 4 月 15 日

学　飞

双手把你举过顶
教你展臂学飞行

扎撒小手直忽扇
洒下一串串笑声

从小不学笼中鸟
长大要做天上鹰

2002 年 4 月 18 日

一　休

二月二剃了一个光头
突然间多了个小朋友

问一问他的名字叫啥
爷爷说他就是小一休

你用小手摸一摸脑瓜
阳光又给你涂层亮油

面对镜子你很惊奇
脸贴脸儿像亲兄弟

说一声咯叽咯叽咯叽
一头就扎进爷爷怀里

对话录音

爷爷：好孙子，听话
——乖！

孙子：臭爷爷，听话
——乖！

奶奶：谁最听话
——谁最乖！

争 场 地

一个无路可退了
一个处处要侵吞

爷爷的反攻
常以失败告终

孙子的进攻
总是每战必胜

爷爷退守沙发……
孙子占领客厅……

蘑 菇 云

那是一朵什么花
开得又高又大?

孙子指着电视问
爷爷装聋作哑——

心里憋着一句话
此花怒放百花杀!

2005 年 3 月 4 日

醉　拳

喝一口矿泉水
说醉，就醉了

摇头晃脑
手舞足蹈

摇摆，寻找立足点
模仿，不忘新创造

有惊无险
跌而不倒

打开场子就表演
老观众捧场大笑

2005 年 7 月 15 日

宝贝金水

听说爷爷没睡好，
半夜被蚊子咬醒了。

龙龙噔噔跑过来，
手举药瓶摇又摇……

"爷爷！爷爷！送给你——
抹上不怕蚊子咬！"

爷爷赶忙接过来，
奶奶看着心里笑：

一个最小的大宝宝！
一个最大的小宝宝！

2005 年 7 月 27 日

孙子的疑问

这是怎么回事呢？
那是怎么回事呢？

外面的世界
越来越丰富多彩

知道得越多
疑问也越多起来

惊奇的目光迷惑多
好奇的脑瓜把谜猜

2005 年 9 月 4 日

241

分 苹 果

自告奋勇洗苹果
洗净苹果分苹果

爷爷一个，奶奶一个
爸爸一个，妈妈一个

四个苹果分完了
没给自己留一个

爷爷奶奶看着乐
爸爸妈妈跟着乐

龙龙自己也乐了
小脸像个红苹果

2005 年 10 月 27 日

小　品

孙子学老头
——惟妙惟肖

爷爷学顽童
——笨手笨脚

奶奶是评委
——拍手叫好

2005 年 12 月 27 日

爷 爷 说

假如你被鱼刺卡着喉咙
小朋友千万不要着急

请你端起空碗握紧筷子
然后用力戳几下碗底

小天使自然会闻声赶来
帮助你拔掉那根鱼刺

如果你能猜出其中奥秘
希望你千万不要保密

2005 年 2 月 18 日

小 骑 手

爬坡，挺直腰
过坎，不怕颠

掉转前轮往上冲
面对路边沙堆山

冲到半山腰
车轮往下陷

龙龙从来不泄气
围着沙堆兜三圈

2006 年 7 月 7 日

新星初升

电视荧屏当作背景
客厅中心开辟场地

打一个裁判暂停手势
引导全家人注视自己

高唱我的家在松花江上
特邀爸爸登场同台献艺

敢同影星争抢视线
常跟笑星共享听域

一颗新星就在眼前升起
爷爷奶奶乐得忘乎所以

2005 年 12 月 8 日

给爷爷讲故事

天天让爷爷讲故事
憋得爷爷直挠后脑勺

爷爷，爷爷你听着
我给你讲一个好不好？

爷爷笑说好好好
讲完咱俩睡觉觉

讲完凶恶大灰狼
又讲善良小熊猫

卖火柴的小女孩
上海滩的小三毛

天上掉下个猪八戒
呼噜呼噜睡懒觉

龙龙已经入梦境
爷爷亲他后脑勺

2006 年 3 月 21 日

小院诗情
——记普阳街寓所

1

丁香浓绿花草香
雨燕穿飞雏鸡唱

2

欢声笑语树阴间
都是孙子小伙伴

3

小孙子串门去了
小院子也睡着了

4

孙子归来敲篱笆

小院冷丁就醒啦

2002 年 6 月 15 日

春天来了

春天来了　春天来了

摘下棉帽　摘下手套
解开纽扣　敞开棉袄
伸展两只小胳膊
迎着春风快快跑

春天来了　春天来了

风筝在云端引路
小鸟在树梢叫好
扇动两只小胳膊
迎着春风快快跑

春天来了　春天来了

两肋生出了翅膀

双脚已经腾空了

迎着春风快快跑

寻找飞的新感觉

春天来了　春天来了

2006 年 3 月 21 日

第 八 辑

人生一盘棋

人生一盘棋

（组诗）

棋　　手

人生一盘棋
头颅是棋子
天天提拎着
伺机抛出去

抛向半空中
穿云破雾起
环宇游一圈
航天飞行器

人生一盘棋
头颅是棋子
天天提拎着

随手可抛掷

将　帅

将军执令箭
主帅挥头巾

稳坐在大帐
指挥百万兵

左右有卫士
胜败靠天命

相　士

四架直升机
起降有规律

有限战斗力
无限坠毁率

将帅的卫士
围城玩游戏

上下左右斜
一步也难离

城陷捐躯
死而后已

兵　　卒

两只八字脚
一根直肠子

不准后退一步生
只许前进一步死

果然，三生有幸
偶然，闯进围城

失足误踏底线
回头已经晚矣

车 马 炮

军车，长驱直入

战马，一日千里

隔山开炮
有的放矢

君不见——
一部人类文明史
沾满层层污血迹

2010 年 12 月 20 日

古稀无题

1

撒开岁月之网
捕捞生命之鱼

俯身用心细数
还有几条活的

2

现实世界
无人长生不老

影子世界
有人青春永驻

3

真善美智爱
假恶丑愚恨

欢乐难求得
憎悦靠悟性

4

一切有创意充满诗意
自然而然充满诗意

日日有新的感悟
天天有灵感光顾

2009 年 1 月 4 日

人 之 诗

是谁把这座人字山峰
突然间旋转个不停
就好像耍一顶破草帽
然后，便顺手抛向深坑
破草帽飘飘悠悠
像一片枯树叶飘零

……始料不及的却是
它在云端里轻轻翻了个身
抖落肩头积重沉荷
两臂扇动着竟生出了羽翎

人，从匍匐爬行到直立奔走
就是被什么力量逼出来的
人，从直立奔走到展翅飞翔

也是被什么力量逼出来的
被逼者只好豁出去了
逼人者却落个惊魂不定
不管你愿意还是不愿意
破草帽变成一只大白天鹅
正在凌空腾飞驾万里长风

1986 年 2 月 21 日深夜

五笔字型

（三首）

一横一竖

一横架座桥
——往返无阻

一竖开条路
——穿梭通途

上下总犯卡
平等皆宽舒

一撇一捺

一撇一捺动干戈
——你死我活

一撇一捺相支撑
——你我同乐

我可能压垮你
你可能打倒我

我倒了，你难立起来
你倒了，我也难立着

一　　拐

撞上南墙扭头看
一条新路在眼前

沿着墙根往东走
入海就到老龙头

万里长江万里长
总有尽头入海洋

化雁展翅飞过去
化鱼生鳍游过去

不会拐弯，两败俱伤
及时拐弯，天宽地广

2012 年 10 月 13 日

有 的 人

——悼亡友

有的人应当死去，
然而，他却活得很妙；
有的人应该活着，
可是，他却死得过早。

有的人想要永远健康，
他的健康等于逍遥；
有的人正在争分夺秒，
他的生命价值很高。

有的人把别人当梯，
有的人用身躯架桥；
有的人是一座富矿，
巷道却被贴上封条！

自然的富矿越采越少，
总有一天会废弃掉；
人生的富矿边采边生，
矿工开掘不辞辛劳。

个体生命毕竟有限，
偏偏又遭一场劫盗。
中年人对体质心中没底，
悼亡友时更添几分焦躁——

只要一息尚存，
我们不甘心化灰烬；
何况正待结实，
我们怎情愿做柴烧！

只要骨髓里还余一滴油，
就乐意接受灯光煎熬；
只要肌腱中还剩半卡热，
也力争在人间发挥掉……

　　亡友，指笔者大学时期同窗苟、董二君。苟煜升，笔名于胜，曾任新华社记者，《中国法制报》政文部负责人，1984 年 3 月 22 日病逝，年仅 42 岁；董英，曾任文化部电影局编辑，吉林省戏剧创评室创作员，1981 年 9 月 5 日病逝，年仅 40 岁。

人生倒计时

爬上人生花甲山
步步下坡快似风

大地越来越接近
心里越来越惶恐

一旦扑进母亲怀
不知用啥慰娘心

进入生命倒计时
格外珍惜每分钟

满腔热血吐真丝
织条晚霞七彩巾

相逢亲手披娘肩

无怨无悔度此生

2003 年 4 月 9 日

诗说水系列

水水一心　唯求平等
由高向低　从不回头

遇到阻遏　委曲求全
穿石过隙　继续奔走

刀砍不断　不留伤痕
从从容容　流速依旧

断崖绝壁　毫不犹豫
一跃而下　再亮歌喉

哪怕跌得　粉身碎骨
顷刻重聚　又逞风流

任尔引导　只要向下
从容不迫　沿渠顺沟

育苗扶秧　抗旱救灾
一腔母爱　满怀温柔

静卧湖塘　一方明镜
浮云沐浴　垂柳梳头

阿哥濯足　阿嫂洗衣
孩童戏浪　鸭鹅畅游

欢歌笑语　录入心房
如诗如画　恩情难酬

能上能下　腾云化雨
自我净化　不眠不休

推动涡轮　日夜旋转
幻化成电　照亮春秋

2012 年 10 月 20 日

温 泉 浴

赤身裸体，匆匆
投入温泉的怀里
毫无保留，献出
一个污浊的自己

就像糖球，一粒
塞进山神的口里
悠悠缓缓，融化
一个僵硬的自己

恰如投胎，重返
地母温暖的子宫
舒展肢体，复出
一个新生的自己

亲自经历一次温泉浴
感受一生大爱的洗礼

2012 年 2 月 27 日

哀 断 桥

——忽然想到记感之一

忽儿连，忽儿通，忽儿又断
层层包，层层贪，层层再减

架起了，一弯弯，彩虹跨天
喇叭吹，锣鼓喧，彩虹跨天

咔嚓嚓，呼啦啦，虹桥腰断
凄惨惨，傻了眼，呼地喊天

赵州桥，越千年，单拱弥坚
奈何桥，人拥挤，阎王接管

最可叹，到今日，雨后晴天
那彩虹，也羞得，不愿重现

2012 年 2 月 17 日

话说影子

一个影子，一个隐身人
潜入脑壳，常把你纠缠

无论你躲到什么地方
都难摆脱它们的追赶

即使深夜，你紧闭双眼
也能钻进梦境搞场骚乱

不时地掀起场场暴动
却把你惊出一身冷汗

哪怕你今生，昧着良心
干过损人利己坏事一件

你的一生就完全可能

陷入影子的追剿围歼

2009 年 9 月 12 日

热　点

眼珠子，瞪溜圆
汗珠子，摔八瓣

颜色渐渐红起来
台面开始冒青烟

雪花飘飘麻辣烫
食客早把锅围严

排好位置忙伸筷
粉丝入水变银线

执着捞取入口爽
搅动一圈又一圈

眼珠子，瞪溜圆

汗珠子，摔八瓣

2011 年 8 月 8 日

菩 萨 歌

菩萨没有家
——家家是她家

菩萨只有爱
——人人她都爱

菩萨救苦难
——不分你我他

你也是菩萨
——我也是菩萨

人人是菩萨
——人海开莲花

有 的 人

有的人死了，人间
安静一点点儿

有的人死了，人间
冷清一点点儿

有的人死了，人间
干净一点点儿

有的人死了，人间
痛苦一点点儿

有的人死了，人间

不少一点点儿

近来常常听说
有一些人死了

生活——网

你在网外
——大鹏展翅

我在网里
——一条活鱼

他在网上
——感觉麻痹

而她，一无所知
活得，无忧无虑

你我他她
难分彼此

2011 年 7 月 9 日

良心何在

拍拍胸膛心还跳
与生俱来不可少

佛陀道破那点善
上帝所说那点爱

可能埋没贪嗔痴
可能消磨名利场

除尽污染珍珠现
心头升起小太阳

只要良心尚未泯
人类还是有希望

里程碑之歌

我不是起点
也不是终点

我从不曾故意绊脚
我也不曾有心截拦
我是一排电子亮眼
摄录你的跨越瞬间

你向前奔走
我奔走向前

你是我胯下的坐骑
我是你沿途的驿站
不论入海不论飞天
我都与你一生相伴

2011 年 2 月 4 日

尘　土

似有若无小土粒
视而不见遭人弃

影随形移一生一世
须臾难离一呼一吸

红尘滚滚血泪染
黄尘漫漫沙打脸

浊尘扑面喘气难
烟尘蔽日迷望眼

女娲抟土造人时
不可或缺材料源

佛祖微尘见大千

过眼烟云莫留恋

2010 年 9 月 19 日

黄淮，不是旗帜

黄淮，不是旗帜
黄淮，甘当靶子

诗乃心声说到底
首首都是自律体

欢迎，挥笔棒喝
欢迎，泼墨喷雨

欢迎，文朋诗友
欢迎，手足兄弟

诗的标杆立起来

靶子情愿倒下去

黄淮，甘当靶子
黄淮，不是旗帜

发光的不是我

我是一根立柱
站立在大路的旁边
发光的不是我
那是我高举的灯盏

我是一支火把
前进在跑道的中间
发光的不是我
那是我挺举的火焰

我是一个蜡台
照亮了桌面的诗签
发光的不是我
那是蜡烛滴泪的眼

2010 年 6 月 5 日

纸 飞 机

撕下一页作业本
折成一架纸飞机
掷向蓝天展翼飞
一飞飞到大山里

树木都是我妈妈
今天返乡看望你
围着山头绕三圈
没有找到妈影子

落到石缝问小草
小草低头不言语

2010 年 4 月 7 日

阿 是 穴

没错！就是你

红灯亮了——
圆睁眼睛正在发傻
十字路口——
车轮骤停喇叭嘶哑

对了！就是他

警铃响了——
频频呼唤邀我上岗
亲临现场——
疏导经络用指挥棒

通了！都是我

2010 年 3 月 1 日

古稀囟门开

年逾古稀，囟门启封
百会柔发，微微飘动

几度错觉，误为蚊虫
常常拍击，屡屡扑空

果然真开，童心未泯
还是未闭，感觉迟钝

回忆一生，过场电影
依然一串，童话重映

一呼一吸，出入自由
缕缕诗魂，盘旋头顶

2010 年 1 月 12 日凌晨

椅子精神

四脚立地——站得牢牢
曲臂可扶——脊背可靠

支撑时空，一身硬骨架
虚位以待，时刻准备着

三五岁娃娃，围着躲猫猫
七八岁顽童，跳上去登高

夺把金交椅：聚义山寨
争坐九龙椅：换代改朝

即使装上轮子亲人推着
护送老弱病残逛街逍遥

有可能——被人推翻
却不会——自己跌倒

常常，被人搬来挪去
偶尔，遭人再踢一脚

一旦重新再站立起来
从未变换卑躬的姿态

一生委屈在别人臀下
负担躯体的全部重压

每当来客，平稳落座
有谁还会，将你讴歌

心甘情愿，你是自愿者
助人为乐，你是志愿者

姿态低低，足踏大地
心态平平，不挑位置

挺直腰杆——靠得住

不会塌垮——坐得稳

来吧！你累了！请坐！
我是一把普通的椅子

开胸推肺　寻找良心

不能！不能！不能！
再哭诉一遍事件的历程
不必！不必！不必！
再重申一次开胸的起因

当下，让我们睁大人类的眼睛
俯视打工仔张海涛打开的前胸：
让我们共同去寻觅，去审查，
去鉴定那个职业病防治所
——的肺!? 的肝!? 的心!?

看啊——那肺叶还在，
却早已钙化尘封！
看啊——那肝脏还在，
也已经高度坚硬！

唯有那颗，服务人民，
——救死扶伤的良心，
里里外外，反复搜查，
——独独不见踪影！

听啊！听啊——执刀的医生
正在大声征询：
丧尽天良的东西，还要不要
缝合让它重生？

　　　2009 年 7 月 29 日收看央视新闻评论后有感

无　题

1

日光下，暴晒
枯干了，尚且可燃

月光下，阴干
萎缩了，难再转绿

2

隔着玻璃窗
——欣赏雪景

毕竟少了些
——寒意提神

3

洗脸盆里扎猛子
——备战潜海劫船

席梦思上练蛙泳
——预演抢渡彼岸

4

岁月好混
——十年弹指一瞬

日子难熬
——一天分分秒秒

5

笑比哭好
——哭比笑真

有哭有笑
——苦乐人生

2010 年 12 月 30 日

深 思 录

时间不是河
——从不流淌

空间不是岸
——从不塌陷

物质变异显现
——空间的存在

时空不增不减
——源于虚无

事物生生灭灭
——演绎万有

空间，空又不空
——宽容一切存在

时间，虚而不虚
——度量所有过程

人类无天敌

1

人类——无天敌
天敌——是自己

你叫他人——活不好
自己也难——活得妙

2

仇恨无齿——
吞噬一切生灵

恩爱有翼——
穿越多维时空

3

以爱塑魂
——人人开慧

以恨铸胆
——个个痴愚

4

战争有可能
——战胜战争

战争不可能
——消灭战争

5

克隆一个希特勒
他就敢摁下核按钮

复活一个秦始皇
你我他都是兵马俑

6

纷争竞争斗争战争
你争我夺永无安宁

和气和谐和解和平
互敬互爱世界大同

7

昂首望天的人
可能跌进泥塘

低头走路的人
往往迷失方向

8

势能电能核能
——人类无所不能

枪弹炸弹导弹
——地球迟早完蛋

9

地球变成军火库
处处埋伏导火线

只要恶魔一咬牙
方舟立刻就爆炸

10

如果人眼里爱泉流干
人类便没有绿色的家园

如果人心中恨火升腾
世界就是座活动的火山

2009 年 1 月 8 日

第 九 辑
中华诗园

以爱塑魂

——读公木自选诗集《我爱》有感

这里是从诗人的心塬
生长起来的原始森林
棵棵树都是诗人化身
辐射闪烁诗魂的光影

这里是一座瑰丽景观
诗人以生命哺育造型
一条二十世纪的画廊
展示赤子的由衷真诚

我爱是由诗人的心坎
喷涌出来的诗泉清澄
苦辣酸甜咸五味俱全
寒凉灼热都来自体温

诗的去污力无与伦比
沐后的青春光彩照人
时空无穷极自然永恒
人类有大美以爱塑魂

假如从今后爱便失踪
或者爱从来没有发生
地球表面情形会怎样
想一想令人胆战心惊

天空里不闻百鸟歌吟
江海里不见鱼虾畅泳
大陆架堆满尸骨化石
牙齿如刃而眼睛血红

无论人性抑或是兽性
皆由爱谱写生命历程
如果由恨来统领一切
世界早已敲响了丧钟

要区分正义与非正义
只有这样唯一的标准
一个是爱的真实化身

一个是恨的虚伪变形

爱也有时操恨之干戈
恨也常常披爱之斗篷
鱼目混珠为提高身价
珠混鱼目更显露晶莹

人生就是一个大舞台
爱与恨不断争夺中心
爱做主角时升平鼓乐
恨演主角时狼烟滚滚

自我是一个小小荧屏
爱与恨也常发生纷争
患得患失时忧心忡忡
随心所欲时满面春风

人寿五十岁而知天命
我爱就是天命的纲领
自我爱出发四通八达
以我爱为轴四季分明

我爱的春水溶蚀冰封

我爱的夏雨柳绿花红
我爱的秋风荡漾谷香
我爱的冬雪素洁纯净

我爱之环宇广袤无垠
我爱之大地欣欣向荣
我爱之海洋盈盈富有
我爱之空气芬芳清新

以我爱为鉴观照自我
以我爱为本面对人生
真善美实现三位一体
假丑恶自然无处藏身

一的一切都是爱之子
一切的一皆由爱发生

（选自《诗人花园》时代文艺出版社 1993 年版）

公木现象五题

笔名探微

先生原名张松如，笔名公木……

是您把松字瓣成两片
是您把公字请到木前
自己躬下自己的身子
扛起一个大写的人字

年轮旋动着世纪风云
果实拓展了生命绿荫
公木两个字意味什么
无私奉献松树的魂魄

人梯之歌

先生不愧诗哲学圣，终生未下讲坛，其学生弟子，桃李天下，诗界学府，人才辈出……

弯腰把学子扶上脊背
昂首把未来举向头顶
君不见夜空银河璀璨
几多人梯发射的新星

铜镜宝鉴

1980 年 3 月，胡耀邦在一次讲话中，引用了古代"邹忌献铜镜"的故事，要文艺家们借鉴。由此引发公木情思，遂写成《申请》一诗，意在把此"宝鉴"转赠总书记，并请他再多讲几次，以赠各级党政领导人等。

任什么脸色都敢面对
不论美丑皆直言不讳
这是一方古老的铜镜
千磨百炼谁也摔不碎

正魂正容，兴国兴邦

龙的传人祖传的宝贝
踏上一只脚阴风骤起
揽进心房里阳光明媚

逆反反逆实践出真知
改革开放四海放光辉
真正的铜镜乃是民心
公仆观照当问心无愧

吻别人间

　　1998 年 10 月 30 日，先生以最后的气力，向亲人做一个"吻"的表情，也好像说"我爱……"

从未目睹也从未耳闻
如此亲切的诀别场景
好像送亲人赶乘飞机
去做一次预期的旅行

心坎热乎乎眼圈湿润
这一刻无声超越有声
临别之吻吟诵着我爱
我爱世界我更爱人生

313

吻别有限的先生躯体①
复活无限的公木精神
以诗开慧，以爱塑魂
绿化心灵绿化地球村

①我与思宇等均俯首吻了先生的额头作别。

军歌壮行

1998 年 11 月 7 日，送公木遗体火化时，奏响军歌。夫人吴翔亲吻着先生额头，并把自己的照片揣进先生怀中
……

这不是送葬这是出征
一曲军歌为战士壮行
老伴青春照温暖胸怀
亲人送别吻点燃诗情

双脚踏上第三自然界
前方依稀一片东方红
身亡而道存谓之长寿
无远弗届往来倏忽中

天地有大美人类万岁

时空无穷极自然永生

人类万岁！您万岁！

自然永生！您永生！

1998 年 12 月 7 日—12 日六稿

（选自《吉林省五十年文艺作品选》吉林人民出版社
1999 年版）

诗人花园

——人生设计兼致丁元君

其实人生并非很短暂
其实生命并非很有限
那样过一天就少一天
那样长一岁就少一年

悬在蓝天的日月光环
辉煌依然，芳香依然
有的人英年早逝无悔
有的人寿终正寝遗憾

差只差那份人生设计
有没有一个满意答案
既然走进了人生试场
就不该捧交一张白卷

自己给自己命题考试
自己书写自己的答案
以诗为纲不局限于诗
所有创新的都叫诗篇

不能做一颗算盘珠子
任手指拨动乘除加减
不能做一粒红黑棋子
被他人操纵东挪西搬

要写一首人生的长诗
交给历史去吟诵流传
肉体的生命有生有死
精神的生命无边无沿

乐意干什么亲自动手
所谓幸福存在于其间
求同存异要以诗开慧
共建一座诗人的花园

诗人的花园天下奇观
地球村里又多个景点
推动人性的演变进程

真善美智爱进修学院

你是建筑师始于设计
我是个诗人源自梦幻
各尽所能又各展其才
花园的怡景气象万千

诗的声韵乘空气飘逸
诗的节奏伴泉声回旋
诗的意象如鸟语花香
视觉与环境妙不可言

为诗歌开辟一方沃土
邀请诗人们播种浇灌
你想要什么就有什么
一切变幻于虚实之间

今日的设计是个雏形
中华诗史的微缩景观
既有灵感在脑海浮升
就有实体在大地凸现

1990 年 12 月 7 日

（选自《诗人花园》时代文艺出版社 1993 年版）

中华诗塔
——再致丁元君

诗人花园的一个景观
中华诗国的丰碑一座
——题记

我忙，电话不能细讲
你忙，见面无法详说

许许多多的美妙构思
不能就这样烂在心窝

建一座诗塔上不封顶
遮风挡雨靠浮云一朵

一砖一石一册册诗集
中华诗塔的高度难测

天天月月年年向上长
标志出诗国辉煌成果

这样一代代不断加高
诗心不死诗塔就活着

它像一行生长的诗句
字字珠玑，光芒闪烁

它是一支文明的标尺
精神的魅力有增无缩

没有顶点不故步自封
一首唱不完人类之歌

金字塔雄伟不再增高
比萨塔苍老由于背驼

一旦成功意味着停顿
一旦成熟也难免堕落

今日心中的一棵小草
明天山顶的大树一棵

一片新叶乃一部新诗
一环年轮乃一代心歌

既不偏废平凡与渺小
也很珍重伟大与巍峨

胸怀无限敢包揽所有
都交给岁月鉴赏评说

聋者观望，盲者抚摸
瞻仰的人都参与建设

热爱的目光普照日月
眷恋的情思洒满江河

人说有骨头不愁筋肉
诗魂就是民族的魂魄

它在呼唤天才设计师
它也呼唤不朽奠基者

诗塔不是诗人的梦幻
一代文明的智慧雕塑

你要深情地把她瞩望

她就移植进你的心窝

1993 年 5 月 31 日—1993 年 8 月 30 日

（选自《文艺报》1994 年 5 月 14 日）

活塔设计草案
——中华诗塔系列之一

关键在塔盖不能封顶
设计时让它不断上升

塔心竖一根双重脊柱
外层固定而内层转动

其实就像立个活螺丝
转动起来螺旋式上升

如一个巨人天天长高
他的草帽也就是塔顶

至于每年他长高多少
要看诗坛的收获而定

也许今年他长高一尺
也许明年他长高半寸

只要中华的诗魂永生
诗塔就是位尖的巨人

1993 年 10 月 11 日

感觉找到了
——记中华诗博物院命名并致王鼎、思宇

冲霄浩气激励天与地
知时好雨果然降倾盆

找到感觉乐得直拍手
红白血球五线谱上蹦

胸中有秤自悟轻与重
魂系江河怎敢混而浑

扁担在肩我们选择诗
天命有缘诗选择我们

重生尾羽飞翔有了舵
起起落落充满自信心

拍拍脑壳叩开那扇门
颗颗头颅都是聚宝盆

放则笼天罩地贯古今
收乃潇洒自在一缕魂

让你我赤膊跨出门槛
仰面张嘴把雨味细品

感觉找到了香甜润肺
找到感觉了步履轻松

翻出十年前那张旧照
也没有今天年轻气盛

相邀在明朝登山选址
无须细数攀缘的脚印

立一柱诗塔发射呼唤
围一环诗壁重聚游魂

寻宝地首选龙泉一脉
建诗院定有慧眼知音

一切一切离你我而去

唯有诗将伴你我永存

1994 年 5 月 23 日—24 日雨中

汉字诗教

（汉字诗）

汉

是水是水又是水
众生源始母乳亲

字

字字如宝代代传
开慧创新共命运

诗

佛寺门前诗言志
志在和谐天地人

教

老子传承代代人
文化教育精气神

2019 年 3 月 8 日

汉字诗城

（汉字诗）

汉

是水是水又是水
水是众生母乳亲

字

广宇无边银河水
人类子孙要知恩

诗

面向佛寺诗言志
开慧塑魂树佛心

城

汉字诗城长春土

以笔代戈万事成

2019 年 4 月 26 日

诗塔心头立

（汉字诗）

一撇一捺挺腰直，
左右双臂拥抱立；
一人独立颇独单，
雌雄合体顶天地。

根基一定稳而固，
升高一层加层力。
刚刚挺直脊梁骨，
每块基石别咯吱！

不妨就地推一推，
脚踏实地试一试！
心想事成真如此，
梦想成真也非虚！

昂首扬脸观天下，
也要用脚跺跺地！
顶天而立笑声高，
扯朵白云擦汗渍。

且铸诗魂驻千秋，
中华诗塔撑大旗！

2019 年 4 月 19 日

人类命运交响曲

人类命运共同体
诗塔树标地球村

人类命运共同体
真善美智爱铸魂

人类命运共同体
假恶丑愚恨自焚

人类命运共同体
争斗必亡和谐存

人类命运共同体
放下干戈万事成

人类命运共同体
高扬诗帆新航程

人类命运共同体
相由心生佛是心

人类命运共同体
诗圆国梦地球村

2019 年 4 月 21 日早长春绿园

诗塔笔立千秋顶

1

诗塔笔立千秋顶
诗圆国梦万年春

2

诗塔笔立千秋顶
诗园遍地觅遗踪

3

诗塔笔立千秋顶
诗民人人灵感生

4

诗塔笔立千秋顶
诗人诗情诗潮涌

5

诗塔笔立千秋顶
《诗经》徂徕源唱根

6

诗塔笔立千秋顶
诗仙行吟诗圣亲

7

诗塔笔立千秋顶
诗佛光辉耀时空

8

诗塔笔立千秋顶
诗旗招展东方红

9

诗塔笔立千秋顶
诗心唤醒地球村

2019 年 4 月 21 日

注：所谓"千秋顶"，是我们前往泰安市，考察徂徕山（又
称小泰山)时知道的，我们为中华诗园选址曾三次去人商谈访查。
我与当年的市长有过亲切的交流。他口头同意落实这里，只是
投资问题尚待努力。而今他已升任省人大常委会主任。两办又
有相关文件规划大好时机已经到来！

诗国是个大诗园

1

神州大地转一圈

诗国是个大诗园

2

一部诗史五千年

《诗经》发源三百篇

3

屈原领队赛诗舟

黄河长江扬诗帆

4

诗海后浪推前浪
诗潮漫漫壮大千

5

诗仙诗圣诗佛显
诗心三点全奉献

6

佛寺门前诗言志
寸土寸金立寸言

7

弘扬真善美智爱
假恶丑愚恨丧胆

8

诗塔树干扬帆行
驾风驭浪亮慧眼

9

人类命运共同体

我本无我皆泰安

2019 年 4 月 22 日早晨

汉字诗帆

（汉字诗）

近看一点一点又一点
一行汉字竖起高桅杆
行行汉字形音意相通
挽臂成纤大海扬诗帆

跨步登上汉字诗之船
乘风破浪远航向彼岸

2019 年 4 月 28 日

汉字诗塔

（汉字诗十四行）

汉字诗塔高高树起来
人类命运共同体现身

相由心生人人心是佛
梦想成真天天诗情涌

你拥我抱合二而一立
男唱女和自由呼吸生

层层向上窗含日月星
节节联通人活精气神

假恶丑愚恨争斗夭亡
真善美智爱和谐长存

汉字诗塔高高立起来
光华辐射整个地球村

以诗开慧，以爱塑魂
天人合一人类万年春

2019 年 4 月 19 日—5 月 1 日

抛心实验

（汉字诗十四行）

顺手挥臂抛起来
三个亮点飞上天
投入银河消隐了
未见银河更灿烂

再一再二再三抛
三三见九九连环
不是越抛心越窄
而是越抛心越宽

银河虽没落九天
尔心成了光之源
快乐无限光无限
活得越来越喜欢

不信君也试一试
当回傻瓜亲体验
尝到甜头不停抛
天人合一心坦然

拍拍胸脯笑开颜
信心时时在增添

2019 年 5 月 1 日

附　录

"中华诗园"构想与诗人笔谈

且铸诗魂驻千秋

——记诗人黄淮的"中华诗园"构想

《人民日报》记者 邹大毅

现代格律诗人黄淮经过多年的酝酿，形成一个宏伟的构想——建造一座集中华诗文化之大成的"中华诗园"。

早在1990年，黄淮先生就在他写给另一位诗人丁元的诗中，提出了这个设想——"求同存异要以爱塑魂 / 共建一座诗人的花园"。黄先生视之为："诗人的花园天下奇观 / 地球村里又多个景点 / 推动人性的演变过程 / 真善美智爱进修学院"。他把这个花园称之为"中华诗史的微缩景观"。

1993年，黄淮先生再度赋诗丁元，把"诗人的花园"具体化为"中华诗塔"。在他心中的蓝图上，"建一座诗塔上不封顶 / 一砖一石一册册诗集 / 中华诗塔的高度难测： / 天天升月月升年年升 / 标志出诗坛辉煌成果 / 这样一代代不断加高 / 诗心不死诗塔就活着"。诗人对自己的这一构想充满自豪——"诗人花园的一个景观 / 中华诗国的丰碑一座"；同时也充满自信——"诗塔不是诗人的梦幻 / 一代文明的智慧雕塑"。

黄先生怀抱这一志向，奔走游说，集思广益，广纳高见，广征同好，诗界同仁有知者，无不击掌呼应，当然畏难者有之，漠然者亦有之。但，谁能说，这不是一个宏伟的构想、一项千秋的工程？

黄先生通过一位友人，与记者相识，并数度长谈，逐步扩展和完善这一构想。言谈中，黄先生以诗人气质，慷慨陈词，直抒胸臆，其愿之烈，其情之切，令人慨然。

在诗人心目中，中国是一个诗的古国。"关关雎鸠发爱之先声 / 屈子行吟抒志之情怀 / 杜甫茅屋为秋风所破 / 李白蜀道筑登天石阶 / 毛泽东一曲大浪淘沙 / 激荡出一个伟大时代 / 东方红拥出一轮朝日 / 高唱军歌把早晨迎来"。在华夏五千年悠久的历史长河中，诗的历史比任何文学艺术品种的历史都早都长，诗的成就也比任何文艺作品的成就伟大而辉煌，"先秦的国风两汉的赋 / 老子道德经长诗一卷 / 盛唐的律诗宋代的词 / 一代代诗星辉耀河汉"。

中国诗史久远，中华诗品浩繁，历代诗圣辈出——长如卷、重如山、灿若星，是国之瑰宝，文之精华，史之丰碑，更是民族魂的结晶。

然而在泱泱诗歌大国，如此富足的诗歌文化宝藏，仅以文字的形式散落神州，尚无荟萃集成之地。电影有资料馆，美术有美术馆，军事有博物馆，古建筑有"锦绣中华"，一部《红楼梦》尚能引出几处"大观园"。那么，建一座"诗人的花园"则在国理，顺天意，合民心。黄先生有心，有远见，想到了这个点子，并决心拼将后半生，"要写一首人生的长诗 / 交给历史去吟诵流传"。

　　几次交谈，黄先生把几年来融化在格律诗中的关于"中华诗塔""诗人的花园"的美妙构思，与各方面的建议综合在一起，整理出了一份《中华诗园（构想·讨论稿）》，把浪漫的想象转化成为现实的计划。

　　现在，我们可以有一份完整的现实的"中华诗园"的蓝图了。当它放在我的面前，看着那用诗人的铧犁在白色处女地上耕耘出来的诗园的地基，眼前仿佛就凸现出那如诗的景象——这是一处园林似的建筑群，山、水、草、木、亭、台、楼、阁，高低错落，疏密有致。具有民族建筑特色的门坊上，名家题写的"中华诗园"昭示着五千年诗魂的凝聚。

　　园中最明显的标志是一座没有顶部的诗塔。这个诗塔，是以《诗经》《楚辞》为基石，按诗史发展的时代为序，汉赋、唐诗、宋词、元曲……每一部传世之作都是筑起诗塔躯体的砖石。随着时代的前进，砖石有增无减，诗塔的高度不断升高，永无止境；历代诗集，均以砖石形式筑入塔身。诗塔也是一座诗的聚魂之塔，它收集已经作古的各代大诗人的形象、手迹、作品，也陈列一些大诗人的骨灰，让魂归诗塔，成为传世的无上荣誉；每位入塔者，均有雕像陈列其中。

　　园内将有一座综合性高品位的中华诗书画博物院，充分发挥书画和科技载体功能，亦诗、亦书、亦画、亦影，展现中华诗史各个光辉时期的伟大诗人，有他们的作品、手稿、遗物、照片、文房四宝等等。人们将在这里"以诗开慧，以爱塑魂"，领略中华诗坛素以爱国为魂的韵味，浏览古今诗坛的历史画卷；人们将在这里学诗、讲诗、观诗、画诗，沉浸在诗的海洋中，吸吮中华诗魂的精髓。

沿着园内曲径，人们可以遍访历代名家诗园——与屈原一同泪洒"汨罗江"，和陶翁共探"桃花源"，品茗"杜甫草堂"，换盏李白"醉仙酒楼"，乘白居易"琵琶船"，游陆游"沈园"，甚至与毛泽东重上"井冈山"。

园内僻静处，历代大诗人的雕像散落其间，似在吟诗，作诗；历代名诗佳句的碑石联袂成林，让中华诗风在林中荡漾，万代流传。

……

黄先生概括"中华诗园"，"是中华诗文化景观的精品公园；是中华诗文化文物的博物馆；是传播中华诗文化优秀思想的教学场所；是以诗为纲凝聚其他艺术门类和先进科技成果的有机体；是一项需要世代炎黄子孙不断完善的'希望工程'；也是一个具有无限凝聚力和感召力的高雅的旅游胜地。它将是历史上最古老的诗国的形象再现，也将是世界上最伟大的诗国的文化宝库。"

"它呼唤天才的设计师／也呼唤不朽的奠基者"。记者还认为，它更呼唤中华民族的有识之士，勠力同心，"给人类开辟一方绿地／为诗国立座诗的丰碑"。

原载 1995 年 1 月 14 日《人民日报·海外版》

我谈 "中华诗园" 之一

　　编者按：本报1月14日登载的《且铸诗魂驻千秋》一文，在国内诗歌界引起了热烈的反响。许多诗人、学者纷纷来信来稿，畅抒对"中华诗园"的热烈支持和由衷赞美，并提出了很多有价值的建议。一些诗人艺术家还聚会座谈，对"诗园"的构想、宗旨、设计、建造等诸方面进行了有益的探讨和论证。我国诗坛泰斗臧克家先生欣然命笔，为"诗园"写了园名；我国著名油画艺术家侯一民先生称"中华诗园"将是我国文化含量和文化品位极高的一处园林，并愿为之奉献力量。有的报刊还准备转载这篇专访。较早得知讯息的北京顺义县和无锡市有关政府部门对这个项目给予了热诚的关注，表示愿意拨地兴建"中华诗园"。

　　"中华诗园"这一构思引起社会共鸣，表明了中华儿女对保护、继承和发扬中华传统文化，建设有中国特色的社会主义精神文明的渴求。

　　"中华诗园"是中华文明的历史工程，是民族文化的千秋大业。要真正实现它，将是一项浩繁的工程。然而，我们不能畏葸不前，不能等待观望，历代诗人的民族魂，应当由我们这一代人化为现实的圣坛，成为民族文化中一块瑰宝。只有全民族、海内外华人齐心协力、添砖加瓦，才能使它真正矗立在神州大地上，彪炳千秋，在世界文化建筑之中，放射出瑰丽的光辉。本报将分期摘要刊出部分来信来稿，以使大家更深入了解这一工程的意义。

贺敬之（中国毛泽东诗词研究会会长、诗人）："中华诗园"的构想，非常好，充满诗意。我很赞同，也很赞成。其中所提出那幅蓝图的确是一件功在千秋的宏伟事业。特别是"中华诗塔"的构思，确属一个诗的灵感的升华与诗意的创造。我们常说什么"都有一颗中国心"，其实那是一颗"诗心"，而每一颗"中国心"上都有一根诗之弦。这个构想，真的拨动了这根诗弦，它引起的共振、共鸣一定会是强烈的、持久的与普遍的。因而，我相信，诗中对"天才的设计师"，"不朽的奠基者"的呼唤绝不会落空。因此，我觉得，应当由此发端，结合社会主义精神文明建设和爱国主义教育等重大课题，发起建设"中华诗园"的倡议，开展一次振兴诗运的大讨论是非常有意义的。先是通过大众传媒手段，宣传开去。如能把这个"传播"过程，当成一次"诗文化的教育"过程来搞，那意义就更大了。至于"中华诗园"选址何处，资金何来，那则是水到渠成的事。我觉得，选址在哪里，哪里就会感到格外荣幸。

公木（深圳中国现代格律诗学会名誉会长、诗人）：关于建立中华诗塔、中华诗园的构想，这是一件史无前例的大事业。那篇题为《且铸诗魂驻千秋》的专访，生动而详尽地叙述了这一构想的发生历程，它源于诗人的灵感，诗的梦想，它结晶于集体的智慧，也可以说是"以诗开慧"的一个成果吧。从专访的标题中，就可以看出这一创举的深远意义和历史价值。它远非当前那些形形色色的以娱乐和营利为目的的各种旅游文化设施可比的。这一宏伟的构想，不是一个人，一个组织，甚至不是一代人能完善起来的。然而，它总要有人敢于构想出来，有人设计出来，有人为它打下基础，有人开始为它的实现而奋斗。我觉得这是中华诗文化走向现代再度辉煌的一个必然产物。我们应当把它作为一个历史使命去为之奔走呼号，唤醒诗魂，还中华诗国公民一颗"诗心"。"以诗开慧，以爱塑魂"，将促进整个民族文化意识的开拓与提高。

屠岸（原人民文学出版社总编辑、诗人）：这是一个宏伟的方案，包括中华诗园、中华诗塔和中华诗书画博物院三个部分。其宗旨是以中华诗文化为倡导，结合与诗文化有联系的文、书、画等艺术门类，创造一处高层次当代人文景观。黄淮曾亲临我家，对我畅谈了中华诗园的构思。他说："中国是一个诗歌古国，中国心是一颗诗心，民族魂是一缕诗魂。我们的目的是重塑中华诗国的形象，继承和发扬中华民族优秀的文化传统，培养和建设社会主义精神文明。"我对他的想法深表赞同。

十年前我出访英国时，特意到伦敦西敏寺南耳堂"诗人角"去做了一次闪电式的访问。在这里我见到了英国历代著名诗人和作家的墓葬和纪念物。英国文学史上的天才们几乎都有纪念物安放在这里。有的是全身像，如伟大的诗人剧作家莎士比亚；有的是半身像，如弥尔顿；有的是刻上姓名的圆石板，如雪莱；

有的是墓和墓板，如罗伯特·布朗宁。我还曾想过：中国的诗史比英国悠久得多，为什么我们不可以有我们的"诗人角"，把历代诗人的纪念物集中在这块圣地上，让后人来凭吊，给后代以教育，以发扬我国源远流长的、灿烂的文化传统呢？

我要说，这既是中国诗人们和诗爱好者们共同梦想的蓝图，也是黄淮心中酝酿的产物。当然，把这个梦想变成现实，还需要海内外各界人士多方面的、长期的关心、支持，鼎力相助，共襄义举。我这里赋诗四句，以表达我的愿望：中华诗国三千载，诗泽悠长大路开。诗教弘扬吾辈事，诗园诗塔梦中来！

石祥（著名歌词作家）："中华诗园"的构想，是惠及千秋、功在万代的一幅宏伟蓝图，要实现她需要炎黄子孙共同描绘。我们的祖国是一个具有悠久历史和灿烂文化的国家，而诗是我国灿烂文化的一条古老文明的根，一朵永不凋谢的花。世界的文化瑰宝有古长城、金字塔……也应该有诗之园、诗之塔。"用我们的血肉筑成我们新的长城"，我们也应该"用我们的诗魂筑起我们诗的长城"。

兴建"中华诗园"，工程庞大，工作繁杂。"万丈高楼平地起"，需要"从现在做起，从我做起"的方法，重要的是看如何去行动、怎样抓落实。我想可否一点一点地搞，先一诗一人、一步一步地建，如一砖一石、一花一木地逐步成园。可分别建诗库、诗人屋、诗碑林、诗画廊等，也可分年代、地域、民族、行业来搞。有条件，有可能的先建起来；有困难，待研究的慢慢补建。

共建"中华诗园"，要有广泛的群众性，大众的事大众自己办，诗人的事贵在参与。因为建诗园耗资很大，诗人们可否献出自己的诗集、手迹等资料和珍品，作为诗塔的基石，其他再想法集资，逐步完善。

原载 1995 年 4 月 29 日《人民日报·海外版》

我谈"中华诗园"之二

何火任（中国社会科学院文学研究所副研究员）：我深深感到，黄淮先生关于"中华诗园"的构想，这本身就是一首动人的诗。是一首极富创造性的引人入胜的"诗篇"。应该说，这一在诗人脑海中浮升的"灵感"已经变为"中华诗史的微缩景观"的设计"雏形"。我深信，在泱泱诗国的中华大地上，在勤劳智慧的炎黄子孙的手中，这一美丽而恢宏的构想定会变成一个动人心魄的"实体"凸现在世人面前，这是诗魂、国魂、民族魂的重塑和形象再现，是彪炳千秋、福及万代的善举。

刘征（人民教育出版社编审）：泱泱大风的中华诗国，诗，早该有自己的家园了。建立中华诗园的倡议如同春风吹遍四方。

中华诗园，应是诗人自己的园地。海内外诗人可以在此谈诗雅集，一觞一啄；可以在此屏尘小憩，坐花赏月；也可以在此潜心创作，斗酒百篇。

中华诗园，应是弘扬诗歌的课堂。几千年中华诗史上的许多大诗人跻身于世界文学巨匠之林毫无愧色，他们的凌云绝唱乃至高尚人格，今天仍然给我们以强劲的自豪感和凝聚力。诗园应把他们请进去，树立他们的雕像，刊刻他们的诗作，配以高水平的书画，来访者涵泳其中，会自然得到陶冶。

中华诗园，应是一处气韵迷人、情趣高尚的文化旅游景点。一切游人到此都可以游目张怀，不染半点俗尘，自可身心俱泰。

这是我的诗园的梦。了解建立中华诗园的倡议，我的幻想已经不那么虚幻了。所建虽为小园，实是树立一块可与岱华比高的中华文化的丰碑。我相信，一切爱民族、爱国家、爱诗歌的华人，都愿意为之添砖加瓦。

丁芒（江苏文艺出版社编审）：真是好大的气魄：睥睨千古的历史感，囊括河山的现实观，壮阔的胸怀，雄伟的胆略，凝结而成的一个发光的理想晶体，就要在中华诗国的土地上诞生了！

好伟大好瑰丽的梦啊！也许五千年古国，千千万万的诗人，都曾暗暗地叹着气，把这梦搂在怀里、闷在心底，没有胆量倾吐，没有气魄放言。也许雄视一代的诗豪，潇洒一生的墨客，尽管有奔雷放电的气势，腕下有风云激荡的雄姿，都曾在这个梦境面前，屏声敛气，趑趄不前，顾虑力不从心，顾虑天不假年，宁放歌以尽余生，不敢作此生命的许诺。

唯有黄淮，这位来自吉林的诗人，发出了这一声惊天动地、震撼历史的巨响！

现在，翅羽收敛，飞翔的梦已经翩然降落在北京。"中华诗园"已经揭开了重重纱纬，人们已经看到它霞光四射的圣洁的光圈。《人民日报》的一篇文章，使海内外华语诗人骇然惊顾，溅起了彻天的欢呼。

对于这座中华诗文化景观的精品公园、博物馆、宝库，古老诗国的庄严的丰碑、宏伟的塑像，我浅陋的颂辞已是如此暗淡无力。只能在它奠基之际，把我深深地慨叹，殷切的祝愿，用沸热的感情，锻烧成一块小砖埋入地下。因为这里是我们民族千百万古今诗人的埋魂之处，也是我的埋魂之处。

原载 1995 年 5 月 6 日《人民日报·海外版》

我谈"中华诗园"之三

　　胡建雄（深圳中国现代格律诗学会会长）：这个构想，实际上是"萌生于诗的灵感，而结晶于集体智慧"的一个蓝图。"中华诗园"是以中华诗文化为主线贯穿的一处综合性高层次的人文景观。宗旨在于"重塑中华诗国的形象，再创当代诗歌的辉煌"。这是一项情系千秋、功在当代的希望工程。我们相信，"中华诗园"的倡议必将引起海内外中华诗国传人的热烈反响，产生巨大的精神凝聚力。

　　明秋水（台湾著名诗人）：照愚初步的想法，"中华诗园"应以诗博物馆的性质、诗创作资料馆的性质、诗人行谊模型馆的性质、诗（从古到今）歌朗诵与教学馆的性质、诗人骨灰陈列馆（配合实物与著作）……五种性质的综合体现为最高原则，走动静合一的康庄大道。

　　蓝曼（著名诗人）：实现这个构想的路上，无疑还会有不少坎坷。只要群策群力地坚持下去，一定会成功的。

　　张同吾（中国作家协会创研部研究员）：我希望诗歌园林

不仅展示古代诗歌的辉煌，而且能表现现代的成就，因为我们不仅有屈原、李白、杜甫这些光华四射的伟大诗人，还有艾青、臧克家、贺敬之这些享誉世界的卓越诗人。应把诗人纪念馆办成中国诗歌的全景系列。它的美学意义是营造高雅文化，这是对急功近利、世俗污浊的庄严的挑战，表现出一个民族高品位的审美情趣！

桑恒昌（《黄河诗报》主编）："中华诗园"的构想很完善，只是弄起来耗资太多，需要多方努力筹措。能为此园出一点力，是一种荣耀。越想越觉得兄走此路太对了。本刊（《黄河诗报》）下期先转载此文（指《且铸诗魂驻千秋》一文），以期引起广泛关注。

丁国成（《诗刊》杂志副主编、编审）：中国向以"诗国"著称于世，既是诗的悠悠古国，又是诗的泱泱大国。诗史之久，诗人之众，诗作之多，诗艺之高，世所仅见，难以匹敌。遗憾的是，千百年来，诗一直锁在书斋文库之中，而与广大的平民百姓太缺乏机缘。这同诗国极不相称。倘能实现"中华诗园"的构想，那么，诗就可以从文字化为形象，从平面化为立体，从可读可想化为可触可摸，诗也就能由少数人把玩的馆藏古董，变成全人类皆可领略的世上奇观。

"中华诗园"绝非一般的园林建筑，也不是普通的游乐场所，而是独具风采的艺术殿堂和博大精深的文化宝库。它展现的将是中华民族的优秀诗歌传统和富于魔力的东方精神文明。历代诗圣、诗仙、诗鬼、诗魔在这里一展雄姿；千年的诗魂、诗艺、诗风、诗潮在这里重现光辉。它将以无可比拟的艺术魅力吸引着世界华人和各国人民，对于弘扬中华文化、传播爱国精神，必定有着其他园林包括古代建筑所无法起到的巨大社会作用；同时，我相信，从长远观点看，它也会给投资者、建造者带来可观的经济效益。这是传之不朽的伟业，造福子孙后代的盛举！我辈愿意大声疾呼——

　　肯于投资的有识之士，您在哪里？"中华诗园"需要您！精于设计的技艺天才，您在哪里？中华民族需要您！乐于奉献的建筑大师，您在哪里？人类文明需要您！

原载 1995 年 5 月 12 日《人民日报·海外版》

我谈"中华诗园"之四

胡忠元（教授、著名画家）：《且铸诗魂驻千秋》读后，使我心潮激荡，感慨万千，夜不能寐！与此同时，我的亲友、战友、诗友、画友、书友、影友以及文艺界的众多挚友读过"且铸"之后，无不和我一样感慨无限！异口同声地发出"'中华诗园'的诗国丰碑应快马加鞭，早日矗立在神州大地"的呼唤。这是一项宏伟、庞大、辉煌的系统工程，一旦建成，它将像"秦兵马俑""万里长城"一样，成为今日中华最伟大的人文景观，为全世界所瞩目。我作为书画家愿向"中华诗园"奉献一批书画精品，为诗国丰碑添砖加瓦。

古人云：众志成城。"中华诗园"的建成需要巨大的人力、财力和物力。它需要国内外有志于斯的仁人志士、名流贤达、爱国侨胞同心协力方能完成。一切热爱祖国的炎黄子孙，要牢牢把握住有利的历史机遇，通过诗国丰碑的构建，掀起"中华文艺复兴""东方文艺复兴"热潮。果能如此，则民族幸矣，中华幸矣！

张学曾（北京师范大学教授）：非常高兴"中华诗园"的构想面世。自古以来，诗人成千上万，诗篇不计其数。如果能为他们建一座不封顶的诗塔，功德大焉！而且对宣扬中华文化、诗文化的作用，无法估量。衷心祝愿这件千秋大业能在您的手里完成。有志者，事竟成。

蔡清富（北京师范大学教授）：这是一项具有开创意义的宏伟工程，它将为我国的精神文明建设做出独特的贡献。我表示完全支持。我提出三点建议，似可作为"中华诗园"建设的先期工作。第一，有组织、有计划地编选一套"中华诗园"丛书。它包括历代诗选、断代诗选、作家专集或合集等。第二，通过音像手段，广为宣传。第三，在有关纪念地建立诗词碑林。我相信，经过日积月累的工作，诱人的"中华诗园"构想，定会水到渠成地得以实现。

姚少华（著名画家）：对"中华诗园"的构想，中华诗书画博物院的倡议表示极高热情，由衷地赞同，并愿以自己全副"精气神"投入，让笔下的每条象征民族阳刚之气的虎，成为"中华诗园"的守护神。如果，"中华诗园"这一千秋工程，能够在21世纪的钟声敲响的时刻落成开门，那才是最激动人心的理想时刻。那时，"中华诗园"大门一开，两个世纪的人类之间的心灵便沟通了。北京圆明园旧址是一块历史的伤疤，是中华民族国耻的记录。如果真的能够把"中华诗园"修在那里，就是在疤痕上栽朵国花，就可以变国耻为国光，为国荣。其深远意义与现实作用是可想而知的。"中华诗园"的建设，将是中华诗国的精髓——诗文化再度辉煌的象征与开始。

不但自己愿意参与，而且还要团结更多的书朋画友共同投身到这项千秋伟业中，做一个无愧于跨世纪的人。

吴开晋（山东大学中文系教授）：读《人民日报》海外版《且铸诗魂驻千秋》感慨万千，令人振奋。新时期以来，各种园林、各种仿古宫殿和大大小小的商业城不断出现在神州大地。但是，关于文学艺术方面的建筑群，除现代文学馆外，尚无他见。诗人黄淮提出一个建立"中华诗园"的构想，实在是一件可行的大好事。我国是一个诗的大国，诗歌创作，源远流长，从《诗经》算起，也有好几千年了。五四新诗，出现了众多的大诗人和名作，不但丰富了中华民族的文化宝库，也是对世界文化宝库的巨大贡献。新时期伊始随着思想解放运动的到来，各种诗歌流派色彩纷呈，形成百花争艳的局面。这种局面，是五四以后所仅有的，而且有过之无不及。从诗人队伍看：既有五四以后成名的老诗人，又有从40年代和新中国成立后成长起来的一批骨干诗人，都可成为"中华诗园"的居民和人们的研究对象。如果在"中华诗园"内分别为之建馆，将对促进今后的诗歌创作和研究大有裨益，这将是诗界的幸事！

但是，在商品大潮冲击下，俗文学蓬勃崛起（俗文学中良莠不齐）。雅文学相对地受到了冲击，诗歌自不例外。如果"中华诗园"的构想能够实现，在社会各阶层（特别是文化领导部门）的重视支持下能建立起来，这不但对当前的精神文明建设大有裨益，而且可以造福于子孙后代，有志者，何乐而不为呢！

如果"中华诗园"有一天得以建成，它不但可以珍藏历代的优秀诗歌作品，促进人们对诗歌遗产的深入研究，而且可以使当代诗人、诗评家有更多的接触机会，并可以和外国的诗人评论家切磋诗艺，促进国际间的文化交流。

"中华诗园"的构想是大胆的，也是美好的，作为一名诗人和诗歌研究者，我盼望它早日矗立在中华大地上，让诗神在华夏永驻。

编后："火树银花不夜天，诗人兴会更无前"。我们的"诗人笔会"虽然没有璀璨的火树、烂漫的银花，但却闪烁着灵感的火花、睿智的光芒。10多位著名的诗人、专家、学者、艺术家（还有更多的）就"中华诗园"的构想畅抒胸臆，激扬文字，慷慨陈词，颇有"壮怀激烈"之感。这说明，"中华诗园"的构想，是众望所归，也是势所必然。我们试图通过这一笔会，触发国人灵感，激发爱国热情，凝聚民族力量，共塑民族魂魄。

到本期〈社会广角〉，"诗人笔会"告一段落，但这又意味着对"中华诗园"研讨、建议和策划、实施，在新的更实际的领域里开始了。我们希望国内外华夏子孙，勠力同心，共襄义举，早日筑成中华民族"诗的长城"！

原载 1995 年 5 月 19 日《人民日报·海外版》

建构新格律诗自律体式，让文字随性情绽放

——《最后一棵树——黄淮自律诗选》文本价值之我见

李长空

　　当今新格律诗坛，如果说诗评家周仲器先生是忠实的历史"记录员"，那么，诗人黄淮先生就是老实的创作"实验员"。黄淮先生从 20 世纪 50 年代念中学时创作民歌起步，到 60 年代读大学期间以写农村生活题材为主步入诗坛（代表作是 1964 年 10 月发表在《诗刊》上的组诗《新农村剪影》，其中的《山村教员》入选《中国新诗选（1949—1969）》，《闪》入选《中国新文艺大系·诗歌卷（1949—1966）》）。"文化大革命"时期，先生曾因写诗而被批判并遭到监禁，后又下放到农村插队劳动，直到 1978 年归队调入吉林省文联做诗歌编辑，才重新拿起诗笔。1984 年，先生发起与诗友共同创办全国第一家自负盈亏的诗刊《诗人》月刊，出任编辑部主任、副主编、副编审；1991 年，先生南下，与诗友发起创办中国现代格律诗学会，任常务副会长兼秘书长以及会刊主编；1994 年，先生提出建设"中华诗园"创意构想，引起诗歌界广泛反响，目前正在北京紧锣密鼓筹备中。

先生除了热心组织并积极投身于新格律诗运动外，还呕心沥血进行新格律诗创作和诗体实验。仅 1985 年以来，先生出版了著作：《爱的格律》《黄淮九言抒情诗》《中华诗塔》《诗人花园》《人生五味子》《生命雨花石》《爱的回音壁》《星花集》《黄淮哲理小诗选》《点之歌——黄淮新格律诗选》《人类高尔夫——黄淮自律体小诗 300 首》《望星空——黄淮微型格律诗 900 首》《望乡——353 小汉俳 900 首》以及这本自律体诗选等十几种新格律诗集，真正可谓成果丰硕。

《最后一棵树——黄淮自律诗选》是先生自觉实验创作自律体新格律诗的记录，也是中国第一本自律体新格律诗集。我以为，其文本价值主要表现为以下四个方面——

一、《最后一棵树》打破了顽守不化的诗体藩篱，让圈养的文字随性情绽放

当前不少自由新诗弄到了与诗歌艺术生死对立的地步，它们已经没有了诗歌艺术所应有的抒情性、意象美、语言美、韵律美和意境美。但收入《最后一棵树》诗集中的自律体新格律诗作却不同，它们没有自由新诗那般无节制的随意和口水。换言之，自律体新格律诗与自由新诗的区别，主要体现在对于"以意传神，以律立体；律随情移，体缘律立"的遵循，它虽然打破了顽守不化的诗体藩篱，却依然保持着诗歌应有的艺术特征，而不像自由体新诗，"不拘格律，不拘平仄，不拘长短，有什么题目，作什么诗，诗该怎么做就怎么做"（胡适《谈新诗》）；

同时，自律体新格律诗也不同于当前的某些格律体新诗，因为它们只是单纯、片面地强调诗体形式，而漠视主题内容的提炼和意境的创造，被主流诗界或嘲其形式主义，或鄙其诗意直白，虽其犹在诗殿外徘徊，却又不知自省地、甚至自鸣得意于自己对"诗体规范"所做出的"贡献"，但自律体新格律诗却因其对"以意传神，以律立体；律随情移，体缘律立"的遵循，而达到了内容与形式的高度统一。其实，从古至今，任何表现体式都只是一件作品得以成型的基础，一首诗歌的好坏，更多地取决于它的主题思想内容。所以，"以意传神，以律立体"很重要。不过，作品写活了，技法、体式就不那么重要了，因为它已经像生命的各种元素融化进血液中一样，你不刻意追求如何使用它，而它却无处不在，有时候甚至多种技法和体式混合在一起，自然天成。这，或许就是"自律体"的要义所在？

二、《最后一棵树》建构了新格律诗的自律体式，令后来者得以尽情放牧三千汉字

对于热爱生活、热爱创作的诗爱者，他们定会陶醉于诗集呈现的新奇、鲜活、生动、独创的诗歌艺术形象，在其中发现生活的真谛、意趣和理趣，从中领悟到诗人"以诗开慧，以爱塑魂；以意传神，以律立体；律随情移，体缘律立；以律为纲，繁荣新诗"的创作精髓，从而避免在今后的创作中"以僵化的固定体式害意"。

三、《最后一棵树》使文本具有了饱满的精气神韵和勾魂摄魄的独特魅力

自律体新格律诗，在诗体上，可繁可简。"律随情移、体缘律立"，重视内在与外在的和谐韵味。要么有视野宽度，要么有情感深度，要么有文化厚度，要么有思想锐度，要么有艺术纯度，要么有生活热度……当面对不同题材时，作品就随性情呈现出自律风范，融入了诗者心性、人文情怀、生命感悟、灵魂升华、社会责任等等，就具有了一种记录视野宽度、感受情感深度、挖掘社会厚度、张扬人性善良、释放生命美好的艺术使命。在篇幅上，可长可短。长篇如彩虹，当空漫舞，容纳诗者胸襟；中篇似花环，清香迷人，释放诗者情怀；微篇犹珠泪，滴水藏海，袒露诗者灵魂。在文体上，可大可小。"大"者平中见奇、犀利警世、意义深远，如组诗《最后一棵树》；"小"者言浅意近，字字真性情，如诗歌《对话录音》。王国维在《人间词话》中说："能写真景物、真感情者，谓之有境界，否则无境界"。先生之作，无论题材大小、体式繁简、篇幅长短，均能写真景物、道真感情，贴着地面行走，关注社会民生，而且气度不"小"，散发出生活中历练出来的独特人格魅力，故皆属于有境界者耳！

四、《最后一棵树》对中国诗歌品位的提升做了有益的探索与实验

当代诗界，先生的诗作可谓独树一帜。无论是写人、纪事，

还是描绘生活情味；无论是用爱的诗魂弹奏生命旋律、以责任之笔鞭挞社会不良现象，还是在平凡事物中发现生活的理趣；无论是用自然天成的诗歌艺术表现技法，还是伴随着心声的韵律来载歌载舞，都蕴藏着一颗真挚的诗心，都弥漫着浓郁的人间烟火味，都体现出创作的历史感与时代感，以及饱经沧桑的生活厚重感，而且大都摆脱了同类题材创作所常见的平庸、肤浅和琐碎，启人以智，动人以情，达到了形式与内容的和谐统一，且不显得拘泥不化。

好的诗作，应具备以意传神、平中见奇、哲思隽永、音韵谐调、自然天成的特质；好的诗人，应敢于开风气之先，创作上不会拘泥于形式，也不会盲从于他人，而应注重传达出生命之精气神，要能够化腐朽为神奇。诚如此，即便作品有所缺憾瑕疵，也可忽略不计，流芳后世，经久而弥新。先生本集中的诗作多有此倾向，限于篇幅，不再赘言。

一孔之见，请读者诸君不吝赐教。

2012 年 7 月 10 日凌晨，于长空轩

切中时弊 惊警世人
——读黄淮组诗《最后一棵树》

张永健

　　黄淮同志是一位富于创造性的诗人，也是一位勇于探索的批评家。新时期以来，他标新立异，在小诗、微型格律诗、一行诗、新格律体诗（九言诗）等都做了创作上与理论上的艰苦开拓工作，并且取得了卓有成效的业绩，受到了诗歌界充分的肯定与赞扬。他是一位培育诗艺诗美的辛勤的园艺师，也是一位眼光犀利的社会批评家。近来读了他发表在《绿风》2002年5期上的组诗《最后一棵树》，甚为兴奋。这组诗小中见大，平中见奇，绵里藏针，给人以犀利、深刻，言有尽而意无穷感；这组诗切中时弊，惊警世人，给人以启发，给人以优美感，令人扪心自问，感慨系之。诗人应该是人民的代言人，社会的批评家，人类的先知先觉者。他们有责任帮助人民，警示人民，唤醒人民警觉起来同落后、愚昧、丑恶、腐朽的现象作斗争，让人类的社会更真诚、更美好、更纯净、更和睦、更发展、更繁荣……组诗《最后一棵树》就具有惊警世人，针砭时弊，健康人类理智，纯洁人类心灵的作用。

　　第一首诗《最后一棵树》，副标题为"续臧克家《三代》"，臧克家的《三代》，是写三代人，孩子、爸爸、爷爷在土地上的三种不同生存状态，揭示旧中国农民（岂止旧中国农民）的悲惨命运；《最后一棵树》则通过祖孙三代人对"树"的三种不同态度，展示了中国人（岂止是中国人）的环卫意识的觉醒。"爷爷／要砍倒做棺材"，是为了自己"不朽"而"砍倒"树；"爸爸／要截枝当烧柴"，是为了自己和家人"取暖"而"截枝"树；"孩子／要乘凉荡秋千"，是为自己和后人永享树的绿荫，他们既不"砍倒"树，也不"截枝"树，他们是与树为友，互荣共存。这首诗由博返约，缩龙成寸，把关于人类生存的大问题用极其简练的诗句，给予了形象而深刻的表现，向人们发出了救救树木亦即救救孩子；保护绿色生态环境亦即保护人类生存环境的强烈呐喊，其诗意深广，主旨宏大，具有振聋发聩的警示作用。

第二首诗《啄木鸟的命运》，通过啄木鸟的悲剧故事，写出了人类的麻木、蒙昧、愚顽。啄木鸟本来是树木的医生，是人类的朋友，可人类却视为食猎的对象，以致使啄木鸟"一边给树叩诊／一边回头回脑"，生活在惊恐不定的环境之下，"蛀虫尚未啄出／背后猎枪响了"，终于逃脱不了"毛皮制成标本／挂在树梢放哨"，"骨头清热解毒／留给首长配药"，"剩下嫩白鸟肉／猎手下酒烧烤"的悲惨命运。这首诗像一首寓言，使人由与自然的关系，联想到人类社会中人与人的关系，由此及彼，给人以深刻的警示与巨大的惊警。

第三首诗《木鱼》，只短短四句，是对古往今来一切宗教、迷信、神权的创造者与追随者的有力批判，言简意赅，形象生动，"木鱼的回答总是一串／空空空空空空空空空"，九个空字连用，声情并茂，其妙无比，别有一番深意，让人回味不已。

第四首诗《审椅子》是一首寓意极深的哲理诗，记得鲁迅先生好像说过，中国历史上人们的争斗，好像就在于抢一把椅子，谁抢上了，谁就为王为尊，可统领一切，作威作福。《审椅子》写"羊坐上去/已经变成狼了"的事实，反问"狼坐上去/还能变成羊吗？"向人们提出了一个极其尖锐的社会问题，也是哲学的命题。作者没有回答。羊原本是善良的，只因为坐上了椅子，才变成凶狠的"狼"了。是椅子让羊变成了狼，变得凶狠。以此类推，那么狼坐上椅子之后，只会变得更凶狠，绝不会变成羊的。如果说要变，可能变成虎，那将给人类带来更大的灾难。这首诗名为审椅子，实则是让人认识"椅子"的本质与危害，而采取正确的处置态度。这首诗如弓在弦，引而不发，却深刻有力。诗人的勇气和智慧是显而易见的。

第五首诗《龙的传人》提出了一个尖锐的民族问题。什么是"龙的传人"，龙的传人的精神是什么？俗话说，望子成"龙"，成一个什么样的"龙"，这些尖锐的社会问题，摆在人们面前。诗人对那些"穿上龙袍留个影/也算过把皇帝瘾""皇帝梦"，"龙的传人穿龙袍/迈一步来摇三摇"的丑态进行了辛辣的嘲讽，对人们的封建奴才思想也进行了深刻的批判："没有皇帝活不了/有了皇帝活不好。"这首诗内蕴丰厚，批判有力，可谓绘形绘神，入木三分。

第六首诗《三个和尚》对当前商品大潮中世风日下、私欲膨胀的现象进行了无情的揭露，"都因为没有水吃"，三个和尚不是同心协力去挑水、抬水，而是抢走挑水的工具，据为己有，到水边去自谋私利："一个抢走了扁担 / 到码头去扛脚行"，"一个夺走了水桶 / 到市场去卖豆浆"，"一个呆坐在井边 / 办起了矿泉水厂"，"都是因为没有水吃"。这首诗把当前一些损公肥私、划公为私的现象作了有力的揭示和批评。

最后一首诗《当代巧媳妇》。巧媳妇难做无米之炊，本是一条客观存在的真理，然而，诗人笔下的当代巧媳妇，却打破了这一客观真理："无米怕什么 / 还有嘴当家 // 无枝能长叶 / 无根也开花 // 吹出一张饼 / 多撒些芝麻 // 再配一盘菜 / 假鱼拌聋虾 // 编好广告词 / 装个大喇叭 // 无米可成宴 / 空手也发家"，这是对当前社会上一些人靠三寸不烂之舌，靠买空卖空，靠弄虚作假，靠吹牛拍马，就可以堂而皇之地发其家致其富的社会现实作了有力的讽刺。这首诗语近意远，含而不露，有弦外音，有味外味。

总之，这组诗语言通俗，形象生动，短小精悍，幽默诙谐，融讽刺、警示、劝谕于一体，都具有切中时弊、警示世人的特点，它们容易记、好背诵，往往能使人过目成诵，历久难忘，是当前小诗创作的新收获，值得庆贺，更值得推广。

跋

关于自律体新格律诗的思考

黄　淮

　　新世纪开始以来，我集中精力进行了各种样式的现代格律诗尝试，完成了以《最后一颗树》（组诗）（载《绿风》2002.5）为代表的千余首所谓"自律体新诗"，实现了从"千篇一律"到"一诗一律"的过渡，但愿能为新诗韵律化和增多诗体摸索出了一条方便普及的蹊径。

　　自律体主张律随情移，体缘律立，自主创新，呈现一诗一律（一首诗一个韵律样式）。诗人可依自己当下的情思脉动，意象创造，顺乎自然地创造某一首诗的独特节奏韵律样式，从而实现因人因时，因情因思而使诗体呈现千变万化，丰富多彩。共律体是戴着外在预设的格律体式的镣铐跳舞；自律体是伴着诗人的内在情思的脉动节律载歌载舞。自律体，立足内外节律谐振，主张诗的体式自主创新，乃是诗的本质的自然而然地体现。自律体是汉语韵律诗的原创形态，也必将成为新韵律诗的普及形式。自律体新韵律诗立足于两个基本点：一是节奏和谐化；二是韵式有序化。也就是 1994 年 10 月雅园诗会所倡导的现代汉语格律诗标尺的基准。我所谓"一诗一律、自主创新"，旨在打破传统观念上的格律诗的"千篇一律"，依律赋诗的框框。一诗一律，可简称"自律体"；"千篇一律"，也可简称"共律体"。宏观诗体流变史，无论古今大都是这两类韵律样式发生发展，共存共荣，相互促进的过程。从诗体本质上讲，无律不成诗。一种成熟的"共律体"，往往是由某种"自律体"，经过许多诗人，甚至几代诗人，共同采用，精心再创造而形成的。自律体是原创的母体，共律体是再创的子体。当然，有时青出于蓝往往更胜于蓝。诗以意传神，以律立体。没有诗意不是诗，失掉诗律不成诗。诗，乃意与律之有机结晶，犹如人乃是灵魂与肌体的复合。结合得好的，为上品；结合得不好的，为下品；意律两乖的，非诗也。所谓诗意可理解为诗情诗思与意境意象的统称。所谓诗律是指伴随诗的情思而呈现的语言之有规律性的节奏和韵式，可简称为韵律。抒情述志，开慧塑魂则是诗的存在和发展的社会动因。纵观古今诗坛，诗体流变，大致有三种样式存在：一为原生态的自律体，也即诗人个体自主创新的一诗一式的有型（不定型）体；二为继生态的共律体，也即诗人群体共同创造的千篇一律的定型体；三为过渡性的韵律宽松的自由体。古汉诗，长期处在封闭式社会，定型的共律体较为发达；今汉诗，处于开放社会，则以有型的自律体与无型的自由体为主（这中间还存在大量的有待成型的半律体）。这是诗体与时俱进的必然发展。三体共存，相互推动，从而演绎出现代汉语诗歌历史进程的生动面貌。诗以律立体，无律不成诗。从根本上讲，每首诗的节律，都是独特的，正如诗人在创作时的人生体验和生命感悟是独特的。因此，自律体的"律"是"律随情移"的律，自律体的"体"是"体缘律立"的体。一诗一律（韵律样式）的自律体，是诗人捕获灵感、抒发情思的那一刻生命内在律动的语言外化，是携带着诗人的心跳和呼吸的，是活生生的，是活泼泼的，是带有体温的。

　　自律体，是由诗人的情思生发和主导着节律，它不同于那些共律体，是固定的格律框框，规范和局限着诗人的情思。这里所指的共律体，主要是指古汉语诗词格律。那些格律框框，虽然来自诗人的群体继承和共同创造，但由于社会制度的约束，以诗入仕、以诗教化的需要又被强化，甚至僵化。当然，即使这样，共律体也产生过许多伟大诗人和经典诗作，这往往都是在诗人的情思与形式框架相适的情形下出现的。有些诗人，一是高手，技巧熟练，得心应手；二是胆大，敢于突破某些框框局限，有所创新。而大多数，从学习诗的共律规范入道写诗的人，则往往因律害意，常常周旋于格律框框而难于自拔。总的说来，无律不成诗，死律窒息诗。自律，可自主创新；共律，多局限束缚。也正因为这样，新格律诗中的共律体，也大大不同于旧格律诗，呈现出许多变通和部分开放状态。比如，限字体，往往不限行；限行体，也常常不限字。至于平仄，则早已随心所欲了，基本上采用了大致相近的普通话韵等等。这种变化，也是与时俱进的，既有诗的语言文体发展内因，也有社会进步开放的外因。自律体不是我的创造，而是历代诗人们的共同实践和创造，我仅仅是从提高诗律的自觉，和促进现代汉语诗歌韵律化发展的角度，把它强调一下，其核心思想是提高诗歌创作的韵律意识，激发诗人的创新潜力。我深信，自律体必将为现代汉语诗歌的律化与繁荣，拓宽可期待的美好愿景。自律体的"节奏""韵式"，是与情思相伴共生的，而由诗人"随情"自主创造的，因此它的体式自然是独特的鲜活的；半体诗与自由诗的"节奏""韵式"，仅仅多了些"自由"度，多了些"变奏"，和某些部分的失律而已，并非无"律"；完全失律，就是随意分行的散文了。以诗开慧，以爱塑魂；以意传神，以律立体；节奏和谐，韵式有序；律随情移，一诗一式；自律创新，繁荣新诗。我主张：写诗，第一要有节律（节奏与韵律）意识，树立诗以律立体，而非以分行立体的观念。第二，要有创新（诗意与诗律）意识，律随情移（而非相反），从你的情思出发，可以写成共律体，更可以写成一诗一式的自主创新的自律体。这样一来，你就能够在获得诗意创新的欣慰感的同时获得诗体创新的成就感。从此，诗歌创作将成为一种令人身心愉悦的快乐事业。第三，要有修炼功夫。一首好诗看似"浑然天成"，其实，几乎都是经历了诗人反复锤炼，功到自然成的！我提"以律为纲"，是在"诗意"已经成为共识的基础上说的。律，即韵律，乃是诗的文体之本。把诗比成一个人，诗意是诗人的灵魂，而节律就是他的脉搏和呼吸，是诗歌的生命存在的前提，是贯穿始终的。简单概括地税，诗律大体有三：共律就是千篇一律的规范体；自律就是一诗一式的自创体；自由律就是宽松的过渡体。

当前，我们主张应当大力提倡的是一诗一律的自主创新的自律体！

2012 年 6 月 9 日修订